Amrûn
ROMANCE

PLAY WITH ME

Band 7

Déjà-vu

Julia Will

Jürgen Eglseer, Traunstein

Lektorat: Susanne Pavlovic, Textehexe
Umschlaggestaltung: cover & books Buchcoverdesign

ISBN TB – 978-3-95869-144-5
Printed in the EU

Besuchen Sie unsere Webseite:
amrun-verlag.de

Bibliografische Information der Deutschen Nationalbibliothek:
Die Deutsche Nationalbibliothek verzeichnet diese Publikation
in der Deutschen Nationalbibliografie; detaillierte bibliografische
Daten sind im Internet unter http://dnb.d-nb.de abrufbar
v1 20

Für das Rudel

Mike

»Schatz? Bist du das?«, ruft meine Mutter aus der Küche, als ich mir gerade die Schuhe ausziehe.

»Welcher?«, frage ich zurück und kann mir ein kleines Lächeln nicht verkneifen. Ach Mum …

»Na, du natürlich! Mein Lieblingskind, also wirklich!«, meckert sie, kommt zu mir und nimmt mich in den Arm. »Wie ist es gelaufen?«

Ich atme erst mal erleichtert durch. Genau das brauche ich jetzt. Ganz viel Liebe. Natürlich habe ich Mum erzählt, dass ich mit Hannah gestritten habe. Hannah ist seit Ewigkeiten meine beste Freundin, fast wie eine Schwester, und Mum mag sie unglaublich gerne. Ich glaube, sie hat ganz schön mitgelitten. Natürlich war sie nicht gerade begeistert, als sie vom Grund unseres Streits erfahren hat, und hat mir da auch ordentlich den Kopf gewaschen.

Immerhin durfte ich mich danach noch ausheulen. Das war aber auch ein echt beschissener Abend, als ich Hannah die Wahrheit gesagt habe. Keine Ahnung, wann ich das letzte Mal davor wirklich geheult habe, aber an dem Abend war ich einfach nur fertig. Ich bin ja generell schon ein bisschen … na ja, in Ufernähe gebaut, aber meistens kann ich mich noch ganz gut beherrschen. An dem Abend allerdings war nichts mehr mit Beherrschung.

»Und? Jetzt erzähl schon, ich konnte den ganzen Abend nichts essen, weil ich so nervös war und Angst hatte, dass du es vermasselst!«

Ich schnaube entrüstet, muss dann aber lachen.

»Es wird. Sie hat mich wieder lieb«, brumme ich in die duftende rote Haarwolke und drücke mich noch enger an sie.

»Oh Gott sei Dank! Ich hatte wirklich Angst, dass ihr euch richtig verkracht.«

»Ich auch.«

»Hannah ist eine starke junge Frau. Ich bin wirklich froh, dass sie mit so einem dummen Kerl wie dir Mitleid hat.«

»Ey ... Lieblingskind, schon vergessen?«, brumme ich beleidigt und sie kichert.

»Mütter lieben ihre Kinder auch dann, wenn sie dumm sind, mein Schatz.«

»Du bist gemein.«

»Nein, nur ehrlich!«

»Es gibt einen entscheidenden Unterschied zwischen gemein und ehrlich!«, jammere ich, drehe dann den Kopf und drücke ihr ein festen, sehr feuchten Schmatzer auf die Wange. »Und du bist eindeutig einfach nur gemein!«

»Igitt, du kleine Kröte!«, lacht sie, versucht mich, zu kitzeln, aber ich winde mich gekonnt aus ihren Armen und haue erst mal ab in die Küche. Ich bin echt so erleichtert, dass sich das mit Hannah wieder einigermaßen beruhigt hat. Viel länger hätte ich das gar nicht ausgehalten. Und allein der Gedanke, dass sie unsere Freundschaft wirklich beendet hätte, lässt mir die Magensäure hochsteigen. Nicht schön.

Ich verbringe noch eine knappe Stunde bei meiner Mutter in der Küche, dann gehe ich hoch in mein Zimmer. Ein Blick auf mein Handy zeigt, dass Chain sich immer noch nicht gemeldet hat. Mist. Dafür kommt in diesem Moment eine neue Nachricht von Leon. Okay …? Dachte, der ist weg?

›Von mir aus können wir das Shooting am Samstag machen.‹ Ohoooooo! Da hat es aber jemand eilig. Nicht dass wir uns noch einen anderen Fotografen gesucht hätten! Wenn da nicht jemand eifersüchtig ist … Grinsend tippe ich meine Antwort.

›Klingt gut! Bisher steht Samstag, glaube ich auch noch nichts. Ich frage Nick, ob ihm das auch passt, kann aber was dauern. Der skyped gerade nackt mit deinem Bruder xDD‹

›Das halte ich für ein Gerücht. Und okay, sag einfach Bescheid, aber nicht allzu kurzfristig.‹

›Wer weiß, wer weiß xP Oki, ich sag´s dir, sobald ich seine Antwort habe!‹

›Kk.‹

Und weg ist er. Ich hätte nicht gedacht, dass das jetzt so schnell geht, aber hey, gefällt mir. Die letzten Fotos mit Leon waren einfach so ... Die waren ... Ja.

Und das, auf dem wir uns fast küssen, hatte ich sogar als Sperrbildschirm. Bevor ich mich mit Hannah getroffen habe, hab ichs wieder geändert, weil das muss ja nicht sein. Und auch jetzt muss ich ihr das mit Leon und mir ja nicht unter die Nase reiben. Aber Gott, die Bilder ... Und ich hätte echt gerne mehr. Auch mit Nick! Der Gedanke, dass ich vielleicht mit beiden Fotos machen kann, gefällt mir extrem. Ich mein, hallo, der Porn mit Nick ist der Wahnsinn. Ich sabbere jedes Mal, wenn ich die Bilder sehe. Ich kann mir das nur echt nicht aufs Handy packen. Wenn

Viktor, mein Chef, die sehen würde, dann würde ich mir ein Loch graben und nie wieder rauskommen. Und meine Mutter! Oh Gott, meine Mutter ... Aaaah. Nicht drüber nachdenken.

Schnell öffne ich meinen Chat mit Nick.

›Leon meinte, Samstag würde bei ihm gehen wegen Shooting x3.‹

Tatsächlich rechne ich gar nicht mit einer Antwort, bekomme sie aber prompt.

›Dieser feige Arsch!‹

›?? Oo‹ Hä? Muss ich das jetzt verstehen?

›Alex! Der Hund!‹

Ach sooo! Ich dachte schon ...

›Lol, was ist?‹

›Nackt wäre er sich blöd vorgekommen, hat er gesagt! Der Arsch!‹

›Loool, also nichts mit Skype-Porn?‹

›Nein, Mann! Ich kriege keinen Sex, keinen Cybersex, nichts zum Anglotzen, ich hasse ihn! T-T‹

›Tust du nicht! XD‹

›Nein, aber Mann! Warum quält er mich so? Macht ihm das Spaß?‹

›Keine Ahnung.‹

›-.- Du bist auch keine Hilfe Dx‹

›Tut mir leid xD‹

›Lach nicht. Wenn ich dich Samstag bespringe, schlag mich einfach nieder, okay? Wobei, das macht bestimmt Leon für dich. Irgendwer wird mich definitiv niederschlagen.‹

›Jetzt übertreib nicht! XD Also kann ich ihm sagen, dass Samstag steht? Wann genau? Und wo?‹

›Jep, mach mal. Denke ... gegen zwei? Bei mir? Wir brauchen Licht dafür.‹

›Oki, geht klar x3. Ich freu mich! *___*‹

›Hat er was gesagt, ob er auch Bilder mit dir will?‹

›Nicht wirklich, aber abgelehnt hat er auch nicht. Denke, wenn du ihm sagst, dass er einfach wieder machen soll, wird er nachgeben.‹

Tatsächlich kann ich das sogar nachvollziehen, dass er nicht einfach so zugeben kann. Selbst wenn er will. Dazu ist er nicht der Typ.

›Kk, das kriegen wir hin.‹

›Tut mir echt leid wegen Alexander.‹

Tut es tatsächlich. Nick kriecht quasi auf dem Zahnfleisch und Alexander ... Entweder es interessiert ihn nicht oder er will testen, wie lange Nick das Spiel mitmacht. Ich sehe es kommen, beim nächsten Treffen wird der arme Mann einfach ans Bett gebunden und zu seinem Glück gezwungen.

›Hmm, passt schon. Immerhin war er oben ohne. Und er hat sich für mich über den Oberkörper gestreichelt, inkl. einen Nippel! *___* Ich hätte fast auf meine Tastatur gesabbert.‹

›Du bist echt so schlimm!‹

Ich lache leise vor mich hin. Er ist so ein Trottel. Und so verknallt. Ich bin ein bisschen neidisch, denn auch wenn Alex noch nicht so will wie er, immerhin sehen sie sich. Sowohl live, als auch übers Internet, das ist wesentlich mehr als das, was ich aktuell habe. Also klar, der letzte Sexchat mit Chain war geil! Aber ich würde ihn auch gerne mal sehen. Oder zumindest ein Bild von ihm ...

›Bin ich gar nicht! XD Ich weiß nur was ich will xP. Okay, dann Samstag! Sehen wir uns vorher nochmal?‹

›Weiß nicht? Ich kann morgen und Freitag. Mittwoch bin ich arbeiten und Donnerstag mit Leon Ramen essen x3.‹

›Ohooo.‹

›Nichts ohooo, wir gehen nur was essen.‹

›Da-haaaate!‹

›Nahaaain! Und es liest sich geschriebsungen genauso blöd wie es sich anhört! XD‹

›Geschriebsungen …‹

›Jep, Geschriebsungen xP‹

›Du bist ein Depp. Und ich bin weg, bis morgen.‹

›Morgen? XD Also Treffen?‹

›Jep xD‹

›Okay, bis morgen! X3‹

Und von Chain kam immer noch nichts. Zumindest sehe ich im Chat, dass er meine Nachrichten immerhin gelesen hat. Der ist doch blöd. Na ja gut, dann halt nicht. Grummelnd schnappe ich mir frische Unterwäsche und verziehe mich ins Bad, um zu duschen, anschließend mache ich mir noch einen Film an. Nachdem ich ihm nochmal geschrieben habe, dass ich jetzt ins Bett gehe und ihm eine gute Nacht wünsche. Wer nicht will, der hat schon.

***

Donnerstagmittag sitze ich mal wieder mit Tim, Nick und Hannah in der Mensa. Mein Magen knurrt. Ich hab so Hunger. Und ausgerechnet heute sieht das Essen hier auch noch echt lecker aus! Ob ich mir zumindest ne kleine Portion hole? Es ist immerhin erst halb eins. Und bis ich Ramen bekomme, vergehen noch drei Stunden.

»Willst du meinen Salat haben?«, fragt Tim grinsend und auch Nick kichert gehässig.

»Ich hätte hier noch ein paar Bohnen«, bietet er an, obwohl er genau weiß, dass ich die nicht mag. Aber das Fleisch sieht halt echt gut aus.

»Ihr seid doof.«

»Jetzt iss doch einfach was«, meckert mich Hannah an, die schon seit gestern etwas angespannt wirkt. Seit ich ihr erzählt habe, dass ich mich mit Leon treffe. Ganz freundschaftlich. Gesagt hat sie nichts dazu, das wäre auch blöd gewesen, nachdem sie mir am Dienstag eine fünfzehn Minuten lange Sprachnachricht geschickt und erzählt hat, wie toll das Date mit Thorsten war. Ich hab mich echt mega für sie gefreut!

»Maaah, ist ja okay«, gebe ich schließlich auf und schlurfe zur Essensausgabe. Ein bisschen Fleisch wird ja nicht verkehrt sein.

Wieder zurück am Tisch sieht Tim mich erwartungsvoll an. Okay? Was ist los?

»Ihr werdet nicht glauben, was Fiona gemacht hat. Beziehungsweise ihre Mutter«, fängt er an und hält sein Handy hoch. Offenbar hat er es gerade erst erfahren. Was auch immer.

»Was denn?«, frage ich.

»Also! Ihre Eltern fliegen mit Bekannten in den Urlaub übers Wochenende und ihre Mutter hat zu Fiona gesagt, dass sie doch mal all ihre Freunde zu ner fetten Party einladen soll. Die haben nen scheiß Pool im Keller! Und einen im Garten. Aber bei dem Wetter kann ich auf den verzichten«, lacht Tim und ist ganz rot im Gesicht.

»Oh mein Gott, wie Hammer ist -«

»Ach man, da bin ich nicht da«, fällt mir Hannah ins Wort.

»Warum denn das? Wo bist du denn schon wieder?«

»Also, tatsächlich bin ich nicht mal traurig, dass ich nicht da bin, aber ... blödes Timing. Thorsten fliegt da von Donnerstag bis Montag nach Vegas zu einem großen Meeting und hat gefragt, ob ich mitkommen will. Ich hab schon zugesagt.« Jetzt bin ich baff. Und Nick fällt direkt die Gabel aus den Fingern.

»Dein fucking Ernst ...?«, fragt er tonlos und ich rücke ein bisschen auf die Seite, weil sein Gesicht komische Dinge tut, die mir Angst machen.

»Uhm ... ja?«

»Dieser Wichser.«

»Hey!« Sie lacht und wirft ein Stück ihres Brötchens nach ihm.

»Nein, echt! Er hat noch nie jemanden aus der Firma da mit hingenommen! Egal wie sehr man sich angestrengt hat! Das ist -«

»Das hat mit der Firma nichts zu tun. Er meinte, er zahlt meinen Flug und die Übernachtung aus eigener Tasche«, unterbricht Hannah ihn, bevor er sich komplett in Rage reden kann.

»Ach so. Na gut, dann ... Hut ab. Kein Scheiß, ich bin echt beeindruckt.«

»Danke?«, sagt sie und guckt Nick nochmal skeptisch

an, dann wendet sie sich Tim zu. »Ja, also jedenfalls, habt Spaß, aber lasst das Haus stehen, damit ich beim nächsten Mal auch dabei sein kann!«

»Echt schade, dass du nicht da bist, aber Spaß werden wir unter Garantie mehr als genug haben! Jo, Mike!« Grinsend sieht er mich an. »Dann kannst du das gleich mit deinem Geburtstag verbinden! Du hast doch nächsten Dienstag!«

»Scheiße ja!« Da hatte ich gar nicht mehr auf dem Schirm, weil gerade so viel passiert und die nächsten Prüfungen stehen auch an. Aber umso besser, dann muss ich mich nicht selbst drum kümmern und ich kann in einer verdammten Villa mit meinen Freunden meinen Geburtstag feiern. Wie viel besser geht es denn noch?

»Fiona meinte übrigens, wir können mitbringen, wen wir wollen. Das Haus ist riesig und Schlafmöglichkeiten gibt es wohl auch.«

»Das wird echt immer besser«, freue ich mich.

»Ey, wenn jemand Kevin anschleppt, gibt´s Tote!«, mischt Nick sich ein und alles lacht, bis auf Hannah, die Kevin ja noch nicht kennengelernt hat.

»Na ja, wenn, dann würde das nur Kai machen und den musst du ja nicht einladen?«, schlage ich vor, auch wenn ich mir dabei ein bisschen gemein vorkomme. Es ist nicht so, dass ich Kai nicht mag. Ich bin nur einfach nicht traurig, wenn er nicht da ist. Vor allem, weil ich auf die Streitigkeiten zwischen ihm und Nick ehrlich verzichten kann. Ich weiß ja nicht, ob Alex auch zu der Party kommt, aber wenn ja, hätte Kai da sicher auch eine Meinung dazu und es wäre total unnötig, wenn er mit seiner komischen Eifersucht die Party sprengt.

»Stimmt auch wieder. Na ja, mal sehen. Ich muss jetzt wieder. Meine Pause ist gleich um. Das ist so nervig, dass ich immer erst zehn Minuten mit der Bahn herfahren muss«, seufzt er, dann zuckt er die Schultern. »Aber für euch mach ich das gern!«

»Aaaw«, freuen Tim, Hannah und ich uns gleichzeitig, drücken ihn alle nochmal kurz und dann rauscht er auch schon davon.

»Ich bin echt ein bisschen neidisch auf dich«, sagt Tim dann zu Hannah und die fängt ziemlich breit an zu grinsen.

»Ich wäre auch neidisch, wenn ich nicht ich wäre.«

»Tze, du bist blöd!«

Mein Handy vibriert. Ich schaue nach - Leon.

›Bleibt es beim Essen nachher?‹

›Ja klar! Warum? Kannst du nicht?‹

›Ich frage nur, weil du dir gerade was zum Essen geholt hast.‹

Unauffällig lasse ich den Blick schweifen und entdecke ihn vier Tische weiter links mit drei Typen, die ich nur vom Sehen kenne. Leon hat keinen Teller vor sich, nur eine halbleere Flasche Wasser und einen Apfel, der aber noch unberührt auf der Tischplatte liegt.

›Stalker xP‹

›Isst du dann später trotzdem noch?‹

›Natürlich! Im Ramen-Magen ist IMMER Platz! X3‹

›Du wirst fett werden.‹

›An mir ist gar nichts fett, du Arschkeks! Das geht alles in die Muskeln!‹

»Schreibt Chain?«, fragt Hannah.

»Was?«, frage ich völlig verwirrt zurück.

»Chain?«

»Eh, ja.« Ich weiß nicht, wie geil sie das finden würde, wenn ich neben ihr am Tisch mit Leon schreibe. Der hat auch eben wieder geantwortet, aber ich sehe weiter Hannah an.

»Hat er sich endlich wieder gemeldet, zum Glück! Hat er denn gesagt was er hatte?« Mah, ich mag da eigentlich gar nicht drüber nachdenken, denn Chain hat sich seit drei Tagen nicht gemeldet. Und reagiert auch nicht auf Nachrichten. Der Blödsack.

»Ne, hat er nicht«, schwindle ich also weiter und fühle mich doppelt scheiße, weil ich lüge und weil ich dran erinnert worden bin.

»Ah ... Na ja, gut, ist ja nicht das erste Mal«, brummt sie und ich fühle mich gleich noch mieser, weil ich weiß, dass sie ehrlich mit mir mitleidet. Boah, ich bin so ein scheiß Freund.

»Ja«, sage ich nur lahm. Zum Glück wendet sie sich wieder Tim zu, um ihr Gespräch fortzusetzen. Zurück zu Leon, dem gemeinen Arsch!

›Ach wirklich?‹, hat er geschrieben und ich unterdrücke ein Grinsen.

›Jep, hast du doch selbst schon feststellen können, dass ich mehr als genug zum Anfassen hab.‹ Ich schicke die Nachricht ab, bevor ich merke, was ich da tue: Ich habe eine Anspielung gemacht.

Wir schreiben uns über alles Mögliche, aber nicht darüber, was samstags zwischen uns passiert. Wobei ... Er hat mich beim Shooten ja schon nackt gesehen, im

Notfall behaupte ich einfach, dass ich das gemeint habe. Genau! Puhh ...

›Hm ... Ich glaube, das muss ich mir am Samstag nochmal genauer ansehen.‹ Tatsächlich konnten wir uns noch drauf einigen am Wochenende bei Nick das Pornoshooting zu machen. Ich bin echt ein bisschen nervös. Und neugierig. Ob Leon wirklich auch mit mir shooten wird?

›Mach das! Wenn du mit mir Bilder machst, kannst du theoretisch sogar mehr als nur hinsehen xP‹

›Hm ... Klingt nicht uninteressant.‹ Shit, mein Magen feiert Party.

›Ja, oder? So, ich muss jetzt. Bis später, ich freu mich! X3‹

›Bis dann.‹ Immer noch grinsend lege ich mein Handy weg und beteilige mich noch ein bisschen am Gespräch von Hannah und Tim, allerdings müssen wir dann bald eh in unseren nächsten Kurs.

Unter der Tür kann ich es nicht lassen, mich noch ein letztes Mal zu Leon umzudrehen und - Fuck, er hat auch hergesehen!

Mein Nacken wird heiß. Ich fühle mich total ertappt und gleichzeitig komme ich mir blöd vor, weil ich mich so ultra dämlich anstelle.

***

Um kurz vor vier betrete ich mit Leon meine Lieblingsramenbar. Boah, allein der Geruch, wenn man die Tür aufmacht ...

»Hier war ich noch gar nicht«. Leon sieht sich in dem

kleinen und ziemlich vollgestellten Restaurant um. Am Abend und am Wochenende ist hier die Hölle los. Jetzt gerade glücklicherweise nicht und wir bekommen einen kleinen Tisch in einer Ecke zugewiesen.

»Du wirst nirgendwo anders mehr Ramen essen wollen, das schwöre ich dir!«, sage ich und schnappe mir die große Plastikspeisekarte. Ich weiß eigentlich eh schon, was ich will, aber vielleicht ... Hmm.

»Warten wir´s ab. Ich kenne in der Stadt einige gute Ramenbars.«

»Ja, aber hier haben sie die beste Nudelsuppe der Welt, glaub mir!« Er sieht mich noch einen Moment an, schmunzelt und hängt dann seine Jacke – Es ist in den letzten Tagen echt krass schnell richtig kalt geworden - samt seinem dünnen schwarzen Schal über den Stuhl, bevor er sich mir gegenüber an den kleinen quadratischen Tisch setzt.

»Na wenn du das sagst ...« Er greift zu der zweiten Karte und zwei Minuten später haben wir unsere Bestellung aufgegeben.

Eine merkwürdige Stille tritt zwischen uns ein. Als hätten wir beide total viel zu sagen, aber keiner will anfangen und so hängen die Worte unausgesprochen zwischen uns in der Luft, wollen eigentlich auf die jeweils andere Seite, können aber nicht, weil wir sie nicht lassen. Ich hatte mir in den letzten Stunden so viele Gesprächsthemen überlegt, aber jetzt ...

Und dass er mich seit fast einer halben Minute schweigend beobachtet, macht es auch nicht wirklich besser. Los jetzt, ich muss was sagen!

»Also!«, platzt es schließlich aus mir raus und ich lehne mich nach vorne zu ihm, was ihn erst mal nach hinten ausweichen lässt, weil ich zu viel Schwung hatte und es wahrscheinlich so aussah, als wollte ich über den Tisch springen. Ups.

»Ja?«, fragt er vorsichtig und ich grinse.

»Darf ich dich was voll Indiskretes fragen?« Warum nicht direkt mit der Tür ins Haus fallen?

»Was willst du wissen?«

Immer noch grinsend deute ich ihm, dass er näherkommen soll. Ich bin schließlich nicht Tim, der private Sachen durch den ganzen Raum schreien muss.

»Ich hab mich gefragt ... Also ... Seit wann weißt du, dass du nicht zu hundert Prozent heterosexuell bist?«

Seine Augen weiten sich und dann kann ich auf seiner Stirn ablesen, wie er überlegt, ob er darauf überhaupt antworten soll oder nicht.

»Ahm ... von Smalltalk hältst du nicht so viel, oder?«, weicht er erst mal aus.

»Warum? Hatten wir doch auf dem Weg her?«, gebe ich zurück und er nickt verstehend. »Also ...?«

»Ahm ... also ...« Er stockt, sieht an mir vorbei an die Wand und atmet einmal durch. »Tatsächlich weiß ich das schon länger.«

Das erstaunt mich. Ist das sein Ernst oder verarscht er mich? Und wie lang ist überhaupt ›schon länger‹?

»Kein Scheiß?«

Er nickt, bevor er leise fortfährt.

»Ja, seit ... ich denke, seit ich sechzehn bin, etwa.« Für ein paar Sekunden kann ich gar nicht reagieren, weil mich diese Aussage so unerwartet trifft. So lange schon?

»Fuck, echt jetzt?«

Er lächelt schief und ich schiebe das Kribbeln in meiner Mitte dabei auf den Hunger. Und ja, ich habe tatsächlich wieder Hunger!

»Ja. Also, ich hatte nie was mit einem anderen Mann, aber Interesse war schon recht früh da.«

»Krass! Und warum hast du´s nie versucht?«, will ich dann natürlich wissen und ignoriere, dass er sich unbehaglich nach den anderen Gästen umsieht, aber die bekommen eh nichts mit. Die sind mit sich selbst beschäftigt, so, wie es sich gehört.

»Das hat mit meinem Vater zu tun. Er würde das nicht dulden.«

»Ehrlich jetzt? In was für einer Welt lebt der?«

Er zuckt die Schultern und senkt den Blick runter zur Tischplatte.

»In einer, in der Homosexualität keinen Platz hat. Und im Gegensatz zu Alexander habe ich ja an Frauen und Männern Interesse, von daher ist das ja nicht so wild.«

»Boah, gut, dass du´s sagst! Ich hatte echt kurz Angst, dass Hannah sowas wie ne Alibi-Freundin für dich war. In dem Fall hätte ich dich jetzt leider vor die Tür zerren und zusammenschlagen müssen«, sage ich lachend, allerdings vergeht mir das Grinsen verdammt schnell, als sein Blick sich plötzlich verfinstert.

»Das war sie nicht!«, bellt er mir entrüstet entgegen und ich hebe abwehrend die Hände.

»Wow, ist ja gut, ich sag ja nur: Wenn es so gewesen wäre! Ist doch alles in Ordnung, wenn´s nicht so war!« Er schnaubt leise, lässt sich zurück gegen seine Stuhllehne fallen und guckt beleidigt zur Seite.

Das wollte ich jetzt nicht. »Hey, das war echt nicht so gemeint. Ich hab das nie gedacht. Ich hab angenommen, dass ihr in zwei Jahren oder so heiratet und dann nen Stall voll Kinder macht, ja? Ich war voll euer Fanboy und überhaupt!«, versuche ich die Situation zu retten. Immerhin sieht er mich jetzt wieder an und lehnt sich über den Tisch zu mir.

»Ich habe Hannah geliebt. Ende.«

»Weiß ich doch. Und dass das irgendwann nicht mehr so war, dafür kannst du ja nichts. Hat halt nicht sollen sein.«

»Ich weiß. Ich weiß das, aber mein Vater -«, fängt er an, jetzt auf einmal ziemlich aufgewühlt, und ich greife automatisch nach seinem Arm und drücke ihn kurz, als er nicht weiterspricht. Er sieht irgendwie ... Total unglücklich und sogar ein bisschen verzweifelt aus. So kenne ich ihn gar nicht.

»Was ist mit dem?« Sein Blick flackert und ich sehe ihm an, dass er es bereut, überhaupt etwas davon gesagt zu haben, aber dann redet er doch weiter.

»Mein Vater hat gesagt, ich kann froh sein, eine wie sie zu haben, und dass er es unverantwortlich findet, dass ich nicht versucht habe, sie zurückzugewinnen. Weil ja alles so gut passt und die Familie ist ja so begeistert und was mir einfällt, das jetzt kaputt zu machen.«

»Hä? Was soll das denn? Am Ende lässt man sich doch irgendwann scheiden, und dann hat auch keiner was davon.«

»Ich weiß.«

»Dein Vater ist komisch.«

»Ich weiß.« Das letzte kommt mit einem resignierten Flüstern und einem tiefen Seufzen, so dass meine Finger automatisch sanft über seinen Arm streicheln.

»Aber hey, ist jetzt doch eh egal. Ihr seid nicht mehr zusammen und es war ihre Entscheidung, nicht deine.«

»Ja.«

»Nichts jaaa, ist so. Ist Alexander deshalb ausgezogen? Weil er schwul ist und nicht wollte, dass euer Vater es rausfindet?«

»Nein. Er ist wegen seiner Arbeit ausgezogen. Aber wahrscheinlich hat er sich nicht umsonst einen Job so weit weg von uns gesucht.«

»Hm, klingt logisch. Aber gleich sooo weit ... Das war für dich doch bestimmt auch ein harter Schlag, dass er so weit weggezogen ist.«

»Sicher, aber glaub mir, bei meiner Familie kann der Abstand nicht groß genug sein, wenn man etwas verheimlichen will«, seufzt er, sieht dann runter auf meine Finger, die immer noch auf seinem Unterarm liegen, als wäre ihm das eben erst aufgefallen.

Zu meinem Erstaunen entzieht er sich mir nicht.

»Aber ist auch egal. Erstmal spielt das sowieso keine Rolle.«

»Ja gut, so kurz nach der Trennung will man eigentlich eh erst mal seine Ruhe haben.«

»... Ja.« Warum hat er jetzt gezögert? Na egal, wir sollten eh weg von dem deprimierenden Thema. Vor allem, weil es schon irgendwie ironisch ist, dass Hannah, die unter der Trennung wesentlich mehr gelitten hat als er, schon wieder eine neue Beziehung hat.

»Ja gut. Aber um wieder auf das ursprüngliche Thema zurück zu kommen«, fange ich an und lache, als er gespielt genervt die Augen verdreht. Gespielt deshalb, weil er dabei selbst ganz leicht lächelt. »Wie hast du denn gemerkt, dass du Typen scharf findest?«, frage ich, weil mich das alles einfach echt interessiert! Ich hatte Leon immer für hundert Prozent hetero gehalten. Ich wäre nie auf die Idee gekommen, dass er sich auch nur im Entferntesten für Männer interessieren könnte.

Bis zum Stadtfest halt. Das am See beim Zelten zählt nicht. Kurz überlegt er wohl, will dann anfangen zu erzählen, wird aber unterbrochen, als unsere Getränke kommen. Wir bedanken uns artig, dann nicke ich ihm auffordernd zu. Los jetzt!

»Das ist eigentlich recht simpel. Angefangen hat es damit, dass ich versehentlich einen falsch getagten Schwulenporno gestartet habe. Und wehe du lachst jetzt. Es war wirklich ein Versehen.«

Oooh, mein Gesicht! Ich spüre, dass es Dinge tut!

»Oh Gott ... Das ist ein bisschen lustig. Lass mich lachen, das ist echt witzig und ich sag dir gleich warum!« Er mustert mich kurz, sieht nicht überzeugt aus, redet aber dann doch weiter.

»Jedenfalls habe ich es eben erst gemerkt als ich ihn angesehen und mich gewundert habe, wo denn die Frauen bleiben. Erst als die Typen angefangen haben sich auszuziehen, ist mir aufgegangen, dass in dem Film wohl keine Frauen mehr kommen werden, aber ...«

»Da warst du schon geil und wolltest nicht mehr ausmachen?«

»So in etwa.«

»Hmhm ...« Ich kichere erneut. »Und das ist echt witzig, weil´s mir nämlich fast genauso ging! Also nicht exakt. Ich wollte mir mit Kumpels nen Porno reinziehen und einer von den Jungs hatte sich nen Scherz erlaubt. Er hat absichtlich nen Schwulenporno rausgesucht, keine Ahnung warum, aber er fand es halt witzig. Jedenfalls, wir schalten ein, die Typen fangen an zu vögeln und während die anderen sich fünf Minuten lang erst aufgeregt und dann mit ihm zusammen lustig gemacht haben, hatte ich nen Ständer und den Schock meines Lebens. Allerdings war ich da um die Vierzehn. Gott, ich hab Blut und Wasser geschwitzt weil ich so Panik hatte, dass von den anderen jemand was merkt!« Ich erinnere mich da einfach noch so gut daran, wie das damals war. Direkt im Anschluss bin ich zu Hannah und hab ihr das voll panisch erzählt, aber sie hat so cool reagiert, dass es besser gar nicht ging. Hannah. Die Schwester, die ich nie hatte.

»Okay, das ist tatsächlich ein bisschen lustig«, gesteht Leon mir dann zu und holt mich zurück aus meinen Gedanken. Ich grinse breit und nicke.

»Sage ich doch. Und weiter?«

»Was weiter?«

»Was hast du dann gemacht?«, will ich wissen und blinzle ihn neugierig an.

»Nichts?« Sein Blick ist irritiert, fast ein bisschen verständnislos.

»Wie, nichts?«

»Na, was soll ich denn gemacht haben?«

»Keine Ahnung? Rumexperimentieren?«

»Inwiefern?« Sein Gesichtsausdruck wird immer verwirrter und ich seufze theatralisch. Der soll sich nicht so anstellen, der weiß doch genau was ich meine.

»Na ... Hast du dich … zum Beispiel schon mal gefingert, beim Masturbieren?«, frage ich, achte extra darauf, dass das auch wirklich niemand hört! Dennoch stelle ich Sekunden später amüsiert fest, wie seine Wangen einen sehr gesund aussehenden Rotton annehmen. Ach Gottchen.

»Nein. Also ...« Beschämt sieht er zur Seite, beugt sich noch etwas näher, bis seine Nasenspitze fast meine Wange berührt und mir einen angenehmen Schauer über den Rücken jagt. Das ist echt so schlimm, wie heftig ich auf ihn reagiere. »Ich habe es getestet. Und dann festgestellt, dass es sehr merkwürdig ist.«

»Hm, ja, okay, das kann ich mir vorstellen. Wenn man´s selbst macht, ist das nicht wirklich aufschlussreich, weil da auch einfach keine Stimmung aufkommt.«

»Na ja, also ... Generell bin ich ... Also, ich finde es nicht … Ahm ...«, stammelt er vor sich hin und erst als sein Gesicht noch einen Ton dunkler wird, geht mir auf, was er mir gerade sagen will. Der Geburtstag von Hannahs Vater. Er mochte es. Und er weiß es noch! Oh Fuck, ich ... Mein Kopfkino! Stopp, ich muss aufhören!

»Also hast du es schon versucht. Mit jemand anderem«, stelle ich so sachlich und neutral wie möglich fest, zwinge mein Gesicht nur ein verdammtes Mal in meinem Leben nichts zu tun, ihm nicht zu verraten -

»Du wusstest das schon.«

»Was?!«, quieke ich ertappt und will eigentlich alles abstreiten, aber - ohhh, ich glaube, das lass ich lieber, so finster, wie er mich gerade ansieht! Das eben war keine Frage, sondern eine Feststellung. Verdammter Mist, mein Gesicht ist ein mieser Verräter! Jetzt atmet er gepresst aus und ich gehe lieber ein bisschen auf Abstand, für den Fall, dass er gleich seinen heißen Tee nach mir wirft.

»Sag mal, was teilt ihr zwei eigentlich nicht miteinander«, zischt er angefressen und mein Mund ist natürlich nicht besser als mein Gesicht und plappert drauf los, bevor ich mir eine passende Antwort überlegen konnte:

»Meinen Penis!« Zum Glück sind Blicke allein nicht tödlich!

»Nicht. Witzig. Und jetzt hör sofort auf zu lachen oder ich stehe auf und gehe!«

Das wirkt. Augenblicklich bekomme ich mich wieder unter Kontrolle, räuspere mich ein paar Mal und sehe ihn dann entschuldigend an.

»Tut mir leid. Wirklich. Aber weißt du, ich kann ja auch nichts dafür, dass sie es mir erzählt hat«, merke ich an.

Er sieht im ersten Moment nicht so aus, als würde das für ihn eine Rolle spielen, dann schüttelt er seufzend den Kopf.

»Hast ja recht. Trotzdem ...«

»Ja, ich weiß. Aber so tragisch ist das jetzt auch nicht und vor mir muss dir das auch echt nicht peinlich sein.«

»Darum geht es nicht. Also ja, auch, aber das hätte generell nicht sein müssen. Wer weiß, was sie dir sonst noch alles erzählt hat, und - Nein! Ich will es gar nicht wissen!«, meckert er brummelnd und ich lasse erst mal ganz kleinlaut und sehr reumütig - obwohl ich ja echt nichts dafürkann! - die Schultern hängen.

»Ich sag nichts und ich weiß auch was du meinst, aber, um jetzt nochmal auf die Kernfrage zurückzukommen ...«

»Welche Kernfrage? Ich habe doch geantwortet?«, sagt er abwehrend, aber ich bin noch nicht fertig mit ihm.

»Na, ich würd gern noch wissen ... Mochtest du es? Also, mit den Fingern?«, frage ich und hoffe, dass ich den Bogen damit nicht endgültig überspannt habe, aber fuck, ich will das wissen! Ich meine klar, Hannahs Aussage hat schon auf einiges schließen lassen, aber ich will aus seinem Mund hören.

»Habe ich doch eben gesagt«, wehrt er ab, nachdem er hektisch eingeatmet hat. Ich wiege unsicher den Kopf.

»Nicht so richtig. Also komm! Ja oder nein, ist ganz einfach«, raune ich, beuge mich zu ihm und lächle ihn auffordernd an.

»Wie ist das denn bei dir? Magst du es?«

Maaah, der soll nicht ausweichen, der Sack!

»Also ... hm ... das ist nicht so einfach. Ich bin normal lieber Top. Ich stecke lieber.«

»Ich weiß, was ein Top ist, danke.«

»Haha, sorry! Okay, also ich bin jetzt nicht so der Fan von Dingen in meinem Hintern, aber, ich sag mal, wenn man sich Zeit lässt, mit nem guten Blowjob zusammen, weiß ich ein bis zwei Finger auch schon zu schätzen. Mehr allerdings nicht. Ich kann mich da nicht so entspannen. Bottom war ich einmal und seitdem nie wieder. Ist ziemlich scheiße gelaufen. Vielleicht liegt´s auch daran, dass ich das nicht mag, keine Ahnung.«

»Inwiefern scheiße?« Wir schweifen immer weiter ab, das war so eigentlich gar nicht geplant!

Aber gut, wenn es ihm dann leichter fällt ... Mir macht das nichts aus, darüber zu reden.

»Na ja, der Typ damals war älter als ich - ich war siebzehn - und der Meinung, dass ich deswegen ›unten‹ sein müsste. Ich war ziemlich verknallt in ihn und dachte, okay, versuchst das halt mal. Der wird schon wissen, was er macht. Jedenfalls war ich dann einfach so nervös, dass ich nicht richtig lockerlassen konnte. Nach ein paar Minuten Vorbereiten ist er ungeduldig geworden. Nicht direkt grob, aber ich hab halt gemerkt, dass ihm das alles zu lange gedauert hat und statt mich zu beruhigen oder halt dafür zu sorgen, dass ich mich wieder einkriege, hat er es ignoriert und gefragt, ob ich jetzt mal soweit bin. Und ich Trottel hatte dann so Schiss, dass er einfach geht, wenn ich nein sage, also hab ich genickt.«

»Oh, das klingt ziemlich unschön.«

»Ja, war´s auch. Ich hätte ihm sagen können, was er falsch gemacht hat, aber ich wollte ihn nicht vor den Kopf stoßen und lag dann halt da, hab mich krampfhaft drauf konzentriert mich zu entspannen, aber angenehm war´s trotzdem nicht.«

»Hat er ... Also hast du ...«

»Nein, er hat mir nicht den Arsch aufgerissen, falls du das meinst«, sage ich leise und schüttle dabei den Kopf, dann seufze ich tief. Hach ja, das war was, mit Andreas. »Es war nur einfach alles andere als schön. Danach wollte ich erst mal lange gar nichts in mir drin haben, aber vor etwa drei Jahren hatte ich jemanden, der hat mich mitten beim

Vorspiel einfach kalt erwischt. Wir hatten das dritte oder vierte Mal Sex und es war klar, dass ich ihn toppe, und dann hat er mir einfach beim Blasen einen Finger reingeschoben und ich fand das tatsächlich gut. Aber wie gesagt, mehr will ich nicht. Ich gebe lieber, als zu nehmen.«

Hoffentlich hab ich ihn jetzt nicht abgeschreckt. Aber eigentlich glaube ich das nicht. Er weiß ja schon, dass er es gut findet. Glaube ich.

Sein Blick lässt keine wirklichen Rückschlüsse zu, also verlege ich mich auf die altbewährte Taktik und frage. »So, jetzt hab ich erzählt, du bist dran. Magst du es jetzt oder nicht?«

Sein Mund verzieht sich ganz leicht und ich sehe meine Felle schon davonschwimmen, aber dann tritt ein entschlossener Ausdruck in seinen Blick und ich spüre das leise Echo dazu in meinem Schritt. Komm schon ...

»Ja«, gesteht er schließlich leise und das Kribbeln nimmt zu. Fuck ... Mir entkommt ein ziemlich merkwürdiger Laut, weil mein Kopf sich sofort Bilder dazu vorstellen muss. Wir zwei, wie damals in der Gasse, nur, dass er keine Hose anhat und meine Finger - Oh Gott, ich muss aufhören, darüber nachzudenken! Meine Wangen werden heiß und außerdem unter Garantie auch rot.

»Alles okay?«

»Hnn, ja, alles ... gut ...«

»Sicher?« Jetzt lächelt er, sogar ziemlich breit und vor allem sehr gehässig.

»Ja ...«, bringe ich raus, fahre mir mit der Hand übers Gesicht und versuche, die Gedanken loszuwerden.

»Stellst du es dir gerade vor?«, fragt der Arsch dann auch

noch mit tiefer Stimme und mir fällt fast alles aus dem Gesicht, weil hallo? Grade hat er sich noch so geschämt!

»Scheiße nein! Ich denke nur ... ich ...« Mir ist scheiße heiß und als er plötzlich seine Hand auf meinen Arm legt, auf meinen bloßen Unterarm, weil's hier drin so warm ist, dass ich die Ärmel meines Pullis hochgeschoben habe, bekomme ich Gänsehaut. Natürlich merkt er das auch und quittiert es mit einem anzüglichen Grinsen. Dieser Wichser.

»Du denkst also nicht drüber nach, wie es wäre, wenn du deine Finger in meinen -«

»So, die Tokyo Shoyu Ramen waren für Sie, oder?« Geschockt fahren wir beide auseinander als der Kellner plötzlich wie aus dem Nichts mit unseren Nudelsuppen neben uns am Tisch steht. Scheiße, ich hab den gar nicht kommen sehen! Und Leon auch nicht. Der sieht gerade so aus, als hätte er einen Geist gesehen und direkt seine Zunge verschluckt. Ha, jetzt ist er nicht mehr so cool!

Ich fange mich als Erster wieder und lächle freundlich.

»Danke, ja, das sind meine«, erkläre ich und greife schon nach den Stäbchen. Leon kriegt sein Gesicht auch wieder unter Kontrolle und bedankt sich ebenfalls, dann sind wir wieder allein. Boah, mein Herz rast. »Tja, das hast du jetzt davon«, sage ich, strecke ihm die Zunge raus und grinse breit. Er wirft mir einen halbwegs mörderischen Blick zu, bevor er den Kopf schüttelt und dann selbst lächelt.

»Ich kann nichts dafür, dass du ein Perverser bist«, brummt er leise und ich werfe ein Röllchen Frühlingszwiebel nach ihm.

»Bin ich gar nicht, du Arsch«, lache ich, und dann ...

Oh Gott, wie geil das riecht! »Guten Appetit!«

»Danke, dir auch.«

»Und sorry.«

»Wofür?« Dann liegt mein Gesicht quasi in meinen Nudeln und die Welt um mich herum verschwindet, während ich voller Gier mein flüssiges Gold mit Nudeln in mich reinschlürfe. Shit, wie hab ich das vermisst! Nach ein paar stillen Sekunden werde ich dann aber von Leons tiefem, ziemlich melodischen Lachen unterbrochen und hebe den Kopf. Er sieht dabei wundervoll aus. Das ist gerade die perfekte Kombination. Ramen und ein lachender Leon. Kann ich das jetzt immer so haben? Bitte? Mir egal, dass er mich auslacht, weil ich esse wie ein Schwein. »Du bist unglaublich«, bringt er irgendwann raus und ich grinse ihn breit an. Mein Mund fühlt sich total verschmiert an von der Suppe, aber egal, ich bin gerade sehr glücklich.

»Ich weiß, danke!«

»Das war kein Kompliment!« Langsam beruhigt er sich wieder, bricht seine Stäbchen - perfekt in der Mitte, der Sack - und fängt dann an zu essen.

Plötzlich beginnt mein Handy in meiner Hose zu vibrieren. Ach ja, apropos!

»Ach du, was mir grade einfällt«, fange ich dann an, weil das Vibrieren mich an Tims Bitte erinnert. »Nächstes Wochenende steigt ne ziemlich große Party bei Fiona und du bist auch eingeladen. Inoffiziell feiere ich da quasi meinen Geburtstag nach.«

»Aha, danke ...«

»Bitte ... eh ... kommst du?«

»Weiß ich noch nicht, mal sehen.« Warum muss er sich

immer so anbetteln lassen? Und warum, zum Henker, sieht er sogar gut aus, wenn er Nudeln schlürft? Niemand sieht dabei gut aus! Das ist unfair!

»Hast du schon was anderes vor?«

Er schüttelt sachte den Kopf.

»Bisher nicht.«

»Aber?«

»Nichts aber, ich denke drüber nach.«

»Solltest du dir wegen Hannah Gedanken machen, die ist mit Thorsten das ganze Wochenende über in Vegas.« Eine seiner dunklen, schön geschwungenen Brauen zuckt und er nimmt gemächlich die nächste Ladung Nudeln, bevor er antwortet.

»Aha.«

»Ja ...« Will er, dass ich bettle? Das kann er vergessen. Echt mal. Der kriegt schon genug Bestätigung von mir.

»Du kannst mir ja mal schreiben, wann und wo. Ich überlege es mir dann.«

»Okay«, brumme ich unbegeistert. Ich hätte gerne eine Zusage gehabt. Ich hätte ihn gerne dabei. Allein schon wegen der Sache mit dem Pool. Ich schäme mich kein Stück, dass ich drauf stehe ihn anzuglotzen und je weniger er anhat umso besser. »Sag mal, benutzt du Spielzeug?« Er verschluckt sich an seiner Suppe und ich kichere schadenfroh. Jaaa, Rache ist sexy! Und vibriert.

»Wie kommst du jetzt darauf«, fragt er, als er fertig gehustet hat.

»Einfach so? Ist doch nichts dabei. Also?«

»Ich ... Müssen wir das alles hier besprechen?« Er hustet nochmal und sieht sich unauffällig um.

»Warum nicht? Hört doch keiner?«

»Du bist echt unmöglich.« Sein Gesicht ist total rot.

»Ich ... Also ... Nein. Ich könnte, aber ich komme mir dumm vor«, gibt er schließlich leise zu.

»Was hast du denn alles?« Ich bin ja so gar nicht neugierig.

»Na, das Übliche, schätze ich. Dinge, die ich mit Hannah zusammen benutzt habe.«

»Eher du bei ihr.«

»... Genau.«

»Hmhm, und was?«

»Ist das so wichtig?«

»Jein, ich bin nur neugierig«, lache ich. Es amüsiert mich ohne Ende, wie sehr er sich gerade geniert.

Tatsächlich wundert es mich sogar, dass er nicht einfach komplett abblockt. Auch vorhin schon. Gefällt mir, dass er so offen ist gerade. Na ja halbwegs offen, so gut er halt kann.

»Hm ...«, brummt er, isst noch ein bisschen und als ich schon denke, dass jetzt doch nichts mehr kommt, fängt er an aufzuzählen. »Also ... Da ist eine Analkette mit fünf Kugeln ... ein Vibro-Ei ... ein Dildo mit Saugfuß -«

»Dein Ernst? Warum mit Saugfuß? Wozu habt ihr den? Der ist doch eigentlich dafür da, um es sich selbst zu machen?«

»Ahm ... Das war ... Also einmal hat sie mich gefesselt und hat sich dann selbst stimuliert, unter anderem mit dem Ding und ich wäre fast durchgedreht, weil ich mich nicht bewegen konnte ...«

»Ohooo, das hat sie mir aber nicht erzählt! Holla,

ihr wart ganz schön versaut! Und du nennst mich einen Perversen!« Mit Gewalt verdränge ich die Bilder aus meinem Kopf, denn in meiner Vorstellung ist es natürlich er, der sich mit einem laszisven Lächeln auf das Ding sinken lässt.

»Nicht so laut!«

»Sorry! Okay, und weiter? Was hattet ihr noch?«

»Ähm ... einen kleinen Vibrator und das war´s.«

»Das ist nicht viel.«

»Ich sagte ja, nur das Übliche.«

»Also wenigstens nen Plug oder so hätte ich jetzt schon erwartet. Na ja, mach ja nichts. Und du bist noch nicht in Versuchung gekommen, den Saugfußdildo allein zu benutzen? Ich meine, du musst den ja einfach nur irgendwo festmachen und los geht´s!« Er schüttelt den Kopf.

»Nein.«

»Hm, vielleicht kommt das ja noch.«

»Eher nicht.«

»Sag niemals nie«, sage ich und erreiche damit prompt, dass er wieder ein bisschen Farbe aufzieht. Ich frage mich, was er gerade gedacht hat.

»Hn.« Höchstwahrscheinlich wird er es mir nicht sagen, wenn er schon so anfängt.

»Ist ja auch egal. Dir rennt ja nichts weg.« Genüsslich schiebe ich mir die nächste Ladung Nudeln in den Mund. So, womit könnte ich ihn als Nächstes nerven?

»Hast du eigentlich irgendwelche Hobbys?«, frage ich dann, weil mir auf die Schnelle nichts einfällt.

»Mhh ... Nicht wirklich, nein.«

»Ach komm, das kann doch nicht sein!«

»Doch. Ich lerne viel, und was ich am Wochenende tue, weißt du.« Er schmunzelt und ich grinse breit, gehe aber nicht weiter drauf ein. Also über Sex zu reden ist gar kein Ding, so lange es nicht um ihn und mich geht. Ich kann und will mich damit einfach nicht auseinandersetzen.

»Und früher? Gab´s da auch nichts?« Jetzt nickt er.

»Doch. Ich habe Kampfsport gemacht. Vier Jahre lang, von dreizehn bis siebzehn.«

»Oh mein Gott, wie cool! Das wollte ich auch immer, aber zwei von drei Stunden haben sich abends mit meiner Nachhilfe überschnitten, darum durfte ich nicht. Das hat mich so geärgert, dass ich erst recht nicht richtig gelernt habe«, erzähle ich und grinse etwas peinlich berührt, als sein Blick eine Spur herablassend wird.

»Du warst quasi doppelt dämlich?«

»Könnte man so sagen. Aber ich war beim Schultheater!«

»Du. Beim Schultheater? Mit deiner Mimik?«

»Ey, was soll das denn heißen?!«, will ich total entrüstet wissen und fische kopfschüttelnd meine letzten Nudeln zusammen.

»Nichts, nur ... Na ja, dein Gesicht macht sich ja des Öfteren mal selbstständig. Wie schauspielert man so?«

»Das ist voll nicht wahr. Ich habe das voll super gemacht. Einmal war ich sogar das Hauptküken in Schneewittchen!« Er stockt, guckt mich prüfend an, als warte er darauf, dass ich sage, dass das ein Scherz war, aber nope. Ich bin voll stolz auf meine damalige Rolle. Auch wenn ich erst neun war.

»Ahm, ich will dich jetzt nicht enttäuschen, aber … In Schneewittchen gab es keine Küken.«

»Du hast einfach nur keine Ahnung. Natürlich gab es die, drei Stück. Tick, Trick und Stan und ich war das Hauptküken. Ich durfte als erster auf die Bühne. Meine Rolle war mega wichtig, ja? Und ich hab das hervorragend gemacht! Okay, im letzten Akt hab ich die Kulissen zerstört, aber nur aus Versehen!«, erkläre ich mit stolzgeschwellter Brust und bin entschlossen, mich von ihm auch nicht beeinflussen zu lassen. Natürlich gab es Küken in Schneewittchen, das weiß doch jeder!

Gut, Leon wusste es offenbar wirklich nicht. Ich trete ihm gegen das Schienbein, als er schon wieder anfängt zu lachen.

Und diesmal ist daran gar nichts schön. Was fällt dem Blödmann eigentlich ein!

»Au!«, jault er leise, beugt sich zur Seite, reibt sich über die schmerzende Stelle, lacht aber immer noch leise.

»Selbst schuld! Eigentlich wollte ich dich zum Essen einladen, aber jetzt habe ich keine Lust mehr, wenn du dich über mich lustig machst«, maule ich beleidigt und verschränke schmollend die Arme vor der Brust.

»Entschuldige …«

»Klingt voll glaubwürdig, wenn du dabei weiter lachst.«

»Nein, es … Es tut mir echt leid.«

Jetzt endlich beruhigt er sich und dann schenkt er mir ein Lächeln, das mich direkt vergessen lässt, dass ich eigentlich beleidigt bin.

»Ich zahle das Essen«, sagt er und ich will schon ablehnen, weil das wollte ich damit eigentlich nicht erreichen, da schüttelt er den Kopf. »Nein wirklich, die Rechnung geht auf mich. Das Essen war auch absolut fantastisch, du hattest vollkommen Recht.«

»Du kannst wieder aufhören zu schleimen«, brumme ich, versuche weiter beleidigt zu gucken, aber leider zucken meine Mundwinkel, die zwei miesen Verräter. Die wollen nämlich zufrieden lächeln, weil ich natürlich Recht hatte! Das hier ist die fucking geilste Ramenbar der Welt!

»Ich schleime nicht. Das habe ich nicht nötig. Ich hätte es gesagt, hätte es mir nicht geschmeckt.«

»Hm ...«

»Bist du fertig?«, fragt er, greift nach seinem Tee und trinkt ihn aus. Ich mache dasselbe mit meiner Cola.

»Jap, auf mit uns!« Er nimmt tatsächlich die Rechnung und geht damit zur Kasse. Kurz überlege ich noch, ihn aufzuhalten, beschließe dann aber, dass ich es auch einfach annehmen kann, denn warum nicht? Draußen vor der Tür mache ich erst mal meine Jacke zu.

»Scheiße kalt, ey. Und dunkel ist es auch schon«, maule ich unbegeistert, während Leon sogar Handschuhe anzieht. So schöne, schwarze Handschuhe aus Leder. Ich müsste meine mal suchen.

»Ja, aber gut, es ist November ...«

»Ja, ich weiß. Hast du schon Weihnachtsgeschenke?«

»Ja.«

»Alle?« Er schmunzelt.

»Ja.«

»Meins auch?«

»Mir war nicht klar, dass wir uns etwas schenken?« Er sieht genauso irritiert aus, wie ich mich fühle, denn eigentlich wollte ich das gar nicht sagen und ernst gemeint war es erst recht nicht. Ich habe jetzt die Wahl. Ich kann es als Scherz abtun, oder drauf bestehen. Hmmm. Ich wäre schon neugierig, was ein Leon von Falkenberg mir schenken würde.

»Tja, dann weißt du es jetzt«, gebe ich also breit grinsend zurück. Er mustert mich noch einen Moment länger, dann zuckt er gelassen die Schultern, als wäre das überhaupt kein Problem für ihn.

»Okay, ich überlege mir was.«

»Super!« Oh warte. Jetzt muss ich ihm ja auch was schenken! Fuck! Ach scheiße, ey, ich bin eh so wahnsinnig schlecht im Geschenke aussuchen! Und mit Geld ist das auch immer so ne Sache! Ach Mist, ich bin so ein Honk.

»Alles okay?«

»Ja, ja, alles toll«, maule ich, bevor ich die Schultern straffe und mir ein Lächeln ins Gesicht drücke. »Okay, und jetzt? Hast du noch Zeit oder musst du schon los?« Er holt sein Handy raus und schaut auf die Uhr.

»Eine halbe Stunde hätte ich noch.«

»Okay, dann ... Wo musst du hin?«

»Zur U-Bahn.«

»Ah, okay, ich auch. Gehen wir langsam in die Richtung? Und dann ... Kein Plan, einmal um den Marktplatz?«

»Klar, warum nicht.«

»Okay, cool!« Gerade als wir loswollen, sehe ich, dass sein Schuh offen ist. Ich zupfte an seinem Ärmel und deute nach unten. »Den solltest du zumachen, bevor´s dich auf die Schnauze legt. Ich könnte dir nämlich erst hochhelfen, wenn ich fertig bin mit lachen.«

»Sehr nett.«

»Du hast mich vorhin auch ausgelacht«, gebe ich schnippisch, aber lächelnd zurück und während er sich den Schuh neu bindet, nutze ich den Moment und hole kurz mein Handy raus. Vielleicht war die Nachricht vorhin ja auch von Chain? War sie nicht. Nur eine Nachricht von Nick. Er hat mir ein Bild geschickt, das ich jetzt aber nicht öffne. Langsam tut es echt weh, dass Chain nicht auf meine Nachrichten reagiert. Ich meine, es war doch nichts. Wirklich nicht. Ich könnte es ja irgendwie nachvollziehen, wenn ich ihn mit irgendwas bedrängt oder etwas gesagt hätte, von dem ich weiß, dass er das nicht will. Aber diesmal war gar nichts! Ich verstehe das einfach nicht.

»Ist alles okay?«, reißt Leon mich aus meinen Gedanken und ich packe mein Handy wieder weg. Er steht wieder aufrecht neben mir und sieht mich fragend an.

Ich muss echt mal was gegen mein Gesicht tun. Wie macht der das, dass man ihm nie ansieht, was er denkt? Ich muss nur an was Trauriges denken und kriege direkt Taschentücher hingehalten.

»Ja«, sage ich und seufze. Alles blöd.

»Sieht nicht so aus. Schlechte Nachrichten?« Er lässt nicht locker und eigentlich will ich nicht über Chain reden, aber er hat mir ja früher schon zugehört, von daher ...

»Erinnerst du dich noch an Chain? Den Typ, mit dem ich schreibe?« Er nickt, deutet dann in die Richtung, in die wir müssen, und wir setzen uns in Bewegung.

»Ja, ich erinnere mich. Ihr habt noch Kontakt?«

»Natürlich! Warum denn nicht?«, frage ich total verwirrt. Er zuckt nur die Schultern, sieht mich aber nicht an, sondern rüber zur anderen Straßenseite, wo gerade ein Bus abfährt.

»Ich weiß nicht? Ich dachte ... Na ja, vielleicht hat sich das inzwischen erledigt, seit wir ... du weißt schon.« Oh.

»Eh ... Nein. Also, ich ... ahm ... Er und ich, das hat ja mit dir und mir gar nichts zu tun? Ich meine ...« Hui, wie sage ich das jetzt? Wie ist das Gespräch jetzt innerhalb von Sekunden so kompliziert geworden?

»Ja?«

»Also, das mit dir und mir ist ja im Grunde genommen nichts Ernstes. Ich meine, samstags betrunken rummachen ...«

Sein Gesicht sieht aus wie in Stein gemeißelt. Nicht ein Muskel zuckt und verrät mir, was er denkt.

»Ich verstehe«, erlöst er mich dann zum Glück und ich sinke ein paar Zentimeter in mich zusammen vor Erleichterung.

»Haha, ja, danke! Na, jedenfalls haben er und ich eigentlich schon Kontakt, nur hat er sich seit Anfang der Woche nicht mehr bei mir gemeldet und das zieht mich ziemlich runter. Vor allem, weil ich nicht weiß warum. Wir hatten noch ganz normal geschrieben, dann hatte ich das Gespräch mit Hannah und dann nichts mehr.«

»Das klingt nicht so schön«, brummt er und ich nicke. Langsam schlendern wir nebeneinander her und ich bin sehr froh, dass ich mich entschieden habe es ihm zu erzählen. Das Essen vorhin war so cool, generell mit ihm zu reden macht Spaß und ich finde schon, dass man sagen kann, dass wir uns irgendwie angefreundet haben. Also klar, so wie es mit Hannah, Nick oder Tim ist, fühlt es sich nicht an, aber wir sind auf einem guten Weg. Wir haben so eine eigene, ganz spezielle Dynamik und ich bin echt froh, dass sich zwischen uns alles so entwickelt hat.

»Ist es. Weißt du, wir schreiben jetzt über zwei Jahre und ich weiß so gut wie nichts von ihm. Und das, obwohl wir schon so viel miteinander ... sagen wir, geteilt haben.«

»Geteilt?«

»Na ja, wir hatten vor ein paar Wochen ziemlich geilen Sex per Chat, mit Bildern und so und generell schreiben wir sehr ... pornös, sag ich mal.«

»Ah, okay?«

»Ja, aber ich will so gerne mehr, weißt du? Ich weiß ja selbst wie bescheuert das klingt, aber ich glaube, würden wir uns treffen ... es würde funktionieren«, erkläre ich.

»Funktionieren? In wie fern?«

»Na ja, er und ich. Ich denke, dass wir verdammt gut zusammenpassen. Wir wissen, wie der andere tickt und was wir mögen, ich glaube, es könnte klappen mit uns, aber er ...« Ich seufzte erneut und schüttle traurig den Kopf. »Unerwiderte Liebe ist beschissen.«

»Du bist verliebt in ihn?« Er klingt ziemlich erstaunt, als er das sagt.

»Ja. Blöd, oder? Vor allem, da er ja offenbar nicht will. Aber was soll ich machen, ich hab mir das ja nicht ausgesucht.«

»Nein, hast du wohl nicht. Und was, wenn er sich gar nicht mehr meldet?«

»Boah, sag das nicht!«, jammere ich und schupse ihn leicht zur Seite weg. »Daran will ich nicht denken!«

»Entschuldige.«

»Passt schon. Kannst du ja nichts dafür.«

»Ich weiß, trotzdem. Ich hätte nicht erwartet, dass er dir so wichtig ist.«

»Glaub mir, würde er mir jetzt schreiben, dass ich zu ihm kommen soll, ich würde in zehn Minuten im Zug nach sonstwohin sitzen«, sage ich das, was ich mir seit zwei Jahren denke.

»Und was würdest du dann tun? Mit ihm schlafen?«, fragt Leon und verzieht dabei leicht abfällig das Gesicht, aber böse sein kann ich ihm nicht. Ich meine, wenn man bedenkt, was er von Nick und mir gesehen hat, ober von sich selbst kennt, ich würde an seiner Stelle wohl dasselbe denken.

»Tatsächlich würde ich einfach nur reden wollen. Und ihn ansehen. Wenn es sich ergibt, wenn meine Gefühle sich bestätigen und es ihm genauso geht, dann würde ich ihn zum Abschied küssen und hoffen, dass ich davon nicht in Ohnmacht falle.« Die nächsten Meter gehen wir einfach nur stumm nebeneinander her und ich versinke in ›Was wäre wenn‹- Gedanken, bis er sich schließlich räuspert.

»Das klingt sehr nett.«

»Nett ist die kleine Schwester von scheiße.« Er lacht leise und ich grinse breit. Blöde Stimmung. Wie hab ich das wieder hinbekommen? Na ja, das gibt sich gleich wieder.

»Nein, ich meine das ernst. Er wäre wirklich dumm, würde er sich gar nicht mehr bei dir melden. Ich drücke dir die Daumen, dass er dir bald schreibt.«

»Aaaw, das ist voll lieb von dir, danke«, brumme ich, stupse mit meiner Schulter gegen seine. »Kein Scheiß, ich bin echt froh, dass wir Freunde geworden sind. Ich mag dich inzwischen echt gern«, spreche meine Gedanken von vorhin frei aus und wäre dann fast in eine Pfütze getreten, hätte Leon mich nicht zur Seite gezogen. »Woah, danke!«

»Kein Ding.« Wir drehen noch eine Runde, wie wir es ausgemacht haben, reden über dies und das, auch wenn´s mir so vorkommt, als würde nur ich reden und Leon nachdenklich vor sich hinstarren, dann trennen wir uns auf dem Weg zu den jeweiligen Gleisen. Das war echt ein toller Nachmittag. Sollten wir definitiv öfter machen!

***

Zu Hause angekommen hocke ich mich ein paar Minuten zu meinen Eltern ins Wohnzimmer. Mum ist total aufgedreht, weil Dad auf der Arbeit einen fetten Bonus bekommen hat, und jetzt diskutieren sie darüber, wohin sie in den Urlaub fliegen wollen. Mum will nach Hawaii und Dad nach Afrika.

Ich finde es immer wieder witzig, wenn die Beiden herumdiskutieren, obwohl jeder weiß, dass am Ende doch Mum ihren Willen durchsetzt. Einmal habe ich den Fehler gemacht, mich auf Dads Seite zu schlagen. Aber wirklich nur einmal. Danach musste ich nämlich einen Monat meine Wäsche selbst waschen und zusätzlich zu dem Haushaltskram, den ich sonst noch machen muss, samstags das Bad putzen. Hat mich zwar nicht umgebracht, aber es gibt definitiv Schöneres.

Irgendwann lasse ich die Beiden alleine, gehe hoch in mein Zimmer und werfe den Laptop an. Gerade lege ich mein Handy neben mich, da geht eine neue Nachricht von

Chain ein. Oh mein Gott! Endlich!

Total aufgeregt öffne ich den Chat und lese den kurzen Text unter meinen gefühlt tausend unbeantworteten Nachrichten.

›Das freut mich sehr für deine Freundin und dich.‹ Kein Hallo, kein: ›sorry, dass ich vollkommen ohne Grund so lange weg war‹, kein gar nichts. Aber so ist er eben, oder? Kurz denke ich darüber nach, ihn anzumeckern, lasse es dann aber. Ich bin so froh, dass er sich überhaupt wieder gemeldet hat und werde das jetzt sicher nicht direkt kaputtmachen.

›Gott ja, ich bin so erleichtert! Sie ist aber wohl auch auf dem besten Weg, was Neues anzufangen, von daher ... Und wie geht´s dir?‹ Abgeschickt. Und dann mache ich erst mal einen Screenshot, den ich Leon schicke.

›!!!!!!!!!!!!!! *______* Bist du irgendwie ein besonderer Glücksbringer? XD Er hat endlich geschrieben! Danke fürs Zuhören! <3 <3 <3‹

Schon kommt eine neue Nachricht von Chain.

›Dann passt es ja. Gut, danke, hatte diese Woche viel zu tun.‹

›Dachte ich mir schon. Hast du jetzt Zeit? Lust zu spielen?‹

Ich mag unser derzeitiges RPG total gerne. Ist relativ realitätsnah, mal wieder was mit Uni und allem. Ein bisschen erinnert mich die Situation zwischen Josuha und Flynn an Leon und mich. Das macht mein Kopfkino noch intensiver, denn inzwischen sieht Josuha für mich einfach aus wie Leon, da kann ich nichts machen. Die Beiden hatten nun schon im großen Chemiesaal, im Keller und auf den Toiletten Sex. Und zwar verdammt guten. Dass sie kein Paar sind, liegt daran, dass sie irgendwann mal vereinbart haben, dass sie nur Sex miteinander haben. Quasi ne Fickfreundschaft, wie bei Nick und mir. Nur hat sich Flynn in den letzten Wochen in Josuha verliebt und der hat keine Ahnung davon.

Flynn sagt auch nichts und so spitzt sich die Lage halt immer weiter zu. Ich habe das voll gefeiert vor ein paar Wochen, als ich den Vorschlag mit den Gefühlen gemacht habe und Josuha einverstanden war. Ohne zu verschwinden.

Eine neue Nachricht von Leon.

›Ist doch schön, Glückwunsch.‹

›Danke! X3 Sehen wir uns morgen noch? Ansonsten bis Samstag!‹ Die Details haben wir schon auf dem Weg zum Restaurant geklärt, allerdings hatte er sich noch nicht dazu geäußert, ob er nun auch Bilder mit mir machen will oder doch nicht.

›Weiß ich nicht, sehen wir ja dann. Ich nehme an, du bist jetzt weg?‹

›Okii und jep, bin ich! War aber echt cool mit dir. Wir sollten da öfter essen gehen! Nächstes Mal zahle dann ich! X3‹

›Okay, Nacht.‹ Meint er jetzt das Essen gehen oder dass ich jetzt weg bin? Irgendwie klingt er angefressen, auch wenn ich nicht weiß, warum. Na ja, wahrscheinlich bilde ich mir das nur ein.

›Schlaf gut, Nacht! ;-***‹

Sooo, zurück zu Chain! Wenn er denn antwortet. Laut Whatsapp ist er online und schreibt gerade. Yay!

›Können wir tun. Sind wir noch bei dem Streit in der Uni? Willst du den ausschreiben?‹

›Jap, hatte ich vor, warum? Willst du springen?‹

›Nein, nein, passt schon. Ich wechsle dann mal, bis gleich.‹

›KK, bg! X3‹ Ich packe den Lappi und werfe mich damit aufs Bett, bevor ich es mir anders überlege und nochmal aufstehe. Chain ist als Nächster dran, also nutze ich die Zeit, um mich noch schnell in eine bequeme Hose zu werfen, bevor ich mich wieder hinlege. Gerade habe ich meine Kissen am Kopfende in eine bequeme Position geschoben, da kommt auch schon der Post.

Josuha: Wütend stieß er Flynn nach hinten, dass dieser mit dem Rücken gegen die Wand in dem zum Glück immer noch leeren Flur krachte. »Und das, meinst du, gibt dir das Recht, mir irgendetwas vorzuschreiben?«, rief er aufgebracht.

Flynn: Er stöhne schmerzerfüllt auf, schmeckte Blut auf seiner Zunge, weil er sich bei dem harten Aufprall auf die Unterlippe gebissen hatte. Er hätte einfach die Klappe halten und nichts sagen sollen, aber jetzt war es zu spät. »Ich habe nie versucht, dir was vorzuschreiben. Ich finde es nur scheiße, dass du ihn benutzt, obwohl er dir egal ist. Das ist gemein und unfair!«, warf er ihm vor.

Josuha: »Jetzt tu nicht so, als wärst du ein Heiliger! Du hast selbst schon Dinge getan, weil du dir etwas davon versprochen hast!«

Flynn: »Aber ich schlafe nicht mit jemandem wegen ein paar beschissener Konzertkarten!«

Josuha: »Es geht dich einen feuchten Dreck an, was ich mit wem wofür tue!« Inzwischen brüllten sie sich die Vorwürfe entgegen und es war ein Wunder, dass noch niemand gekommen war, um nachzusehen, was hier los war. Allerdings war es auch schon spät und wahrscheinlich so gut wie niemand mehr in der Universität.

Flynn: »Wenn es ein Freund von mir ist, der in dich verknallt ist, dann schon!«, schrie Flynn zurück, machte zwei Schritte auf Josuha zu und ballte wütend die Fäuste. Er war eifersüchtig, verdammt, und wie! Er konnte es nicht fassen, dass Josuha Sex mit Jannick gehabt hatte, nur um an diese beschissenen Tickets zu kommen! Flynn war so wütend und enttäuscht und es machte ihn fast wahnsinnig sich vorzustellen, dass ein anderer als er diesen wundervollen Körper berührt hatte, dass ein anderer Josuha geküsst und gestreichelt hatte, wie nur er es durfte! Zumindest wenn es nach ihm ging. Josuha sah das offensichtlich anders, der miese Bastard!

Josuha: »Jannick ist alt genug. Er muss selbst wissen was er tut, das geht dich nichts an. Oder warte!« Er lachte hämisch, als ihm ein neuer Gedanke kam und verschränkte die Arme vor der Brust. »Bist du vielleicht eifersüchtig, huh? Stehst du auf den Kerl und bist jetzt sauer, weil ich ihn zuerst hatte?«

Flynn: Fast hätte er nun selbst gelacht, wäre er nicht so unglaublich wütend gewesen. »Halt die Fresse, du Arschloch! Du hast überhaupt keine Ahnung«, zischte er wütend und irgendetwas in Josuhas Blick, irgendwas in seiner Haltung oder seiner Reaktion brachte das Fass zum Überlaufen. Mit zwei schnellen Schritten war er bei ihm, packte ihn grob an den Armen, presste ihn an die Wand und küsste ihn.

(Josuha: ...)

(Flynn: Lass mich, der ist sauer! XD die Alternative ist, dass er ihn ins Krankenhaus prügelt! XD)

Josuha: Für einen Moment wusste Josuha überhaupt nicht, wie ihm geschah. Das war das Letzte, womit er gerade gerechnet hatte. Für etwa zwei Sekunden stand er einfach nur da, dann stieß er den anderen von sich. »Was soll das denn jetzt?!«, verlangte er wütend zu erfahren, wischte sich mit dem Handrücken abfällig über den Mund.

(Flynn: Boah, du bist gemein! XD)

(Josuha: Und du ein Idiot.)

(Flynn: Na danke! XD)

(Josuha: Schreib!)

(Flynn: Bin ja dabei! XD)

Flynn: Sein Atem ging schwer, als er Josuha musterte. Er war immer noch so wütend! Wie konnte der Blödmann was von Eifersucht erzählen, den Nagel so zielgenau auf den Kopf treffen und dabei gleichzeitig so einen Blödsinn labern? »Was ist denn? Bin ich jetzt nicht mehr gut genug, oder was?«, bellte er jetzt beleidigt.

Josuha: »Darum geht es doch gar nicht, bist du blöd? Was soll das?«, fragte Josuha erneut, auch wenn er zugeben musste, dass Flynns Ausstrahlung gerade ... Das hatte was. Flynn brannte, das sah er in seinen Augen. Und es machte ihn, warum auch immer, ziemlich an.

(Flynn: Hah!)

Flynn: »Halt die Fresse, bevor ich sie dir einschlage!« Es reichte ihm! Endgültig! Er hatte keine Lust mehr sinnlos herum zu diskutieren, also packte er Josuha am Handgelenk, zog ihn zu sich und öffnete mit der anderen Hand die Tür der Abstellkammer hinter sich. Grob schubste er Josuha ins Dunkel, knallte die Tür hinter ihnen zu und dann war er wieder bei ihm, suchte und fand zielsicher seine Lippen und verwickelte ihn in einen Kuss, aus dem es kein Entkommen gab.

Josuha: Josuha keuchte in den Kuss. Sein Rücken krachte schmerzhaft gegen eines der Regalbretter, er stolperte zur Seite. Es krachte. Vermutlich war ein Besen umgefallen, aber Flynn war da, hielt ihn und als er ihn schließlich küsste, hörte er auf sich zu wehren. Dafür war es einfach zu gut.

Die Art, wie Flynn sich ihm aufdrängte, ihn hier gewaltvoll in die Defensive zwang … es erregte ihn mehr, als er zugeben wollte.

Er hatte keine Ahnung, was nun wirklich Flynns Problem war, aber er würde nicht danach fragen, so lange das hier das Ergebnis war. Er hatte nicht mit Jannick geschlafen. Seit er sich mit Flynn traf – Sex ohne Verpflichtungen hin oder her - hatte er niemanden mehr in sein Bett geholt. Einfach, weil er keinen anderen mehr wollte und Flynn ihm bereits mehr gab, als er je von irgendjemandem erwartet hatte.

Aber er hatte zugestimmt, dass Jannick überall erzählte, dass sie es getan hätten, um an diese bescheuerten Karten zu kommen. Für dieses eine bestimmte, seit Wochen ausverkaufte Konzert, von dem er wusste, dass Flynn dorthin wollte. Und jetzt standen sie hier, wütend und erregt und Josuha wusste überhaupt nicht mehr, wo ihm der Kopf stand. So, wie Flynn ihn gerade küsste, hatte er es vorher noch nie getan.

Flynn: Gierig presste er immer wieder seine Lippen auf Josuhas, zwang ihn zu einem derart intensiven Kuss, dass ihm beinah schwindelig wurde. Dieser Mistkerl! Dieser verdammte Mistkerl! Wie hatte er das tun können? »Dreh dich um!«, verlangte er, half nach, noch bevor er den Satz zu Ende gesprochen hatte.

Josuha: Josuha gehorchte, kam nicht mal auf die Idee sich zu widersetzen und fand sich eine halbe Sekunde später mit der Brust gegen das Regalbrett gedrückt wieder. Keuchend sank sein Kopf in den Nacken und er schauderte in freudiger Erwartung, weil er wusste, was nun kommen würde.

Flynn: Er dachte nicht darüber nach, was sie hier taten, reagierte einfach nur, tat einfach, wonach sein Körper gerade verlangte und Sekunden später hing Josuhas Hose in seinen Kniekehlen. Er spuckte sich in die Hand, glitt zwischen Josuhas Pobacken und hatte kurz darauf bereits den ersten Finger in ihm. Josuha war so verdammt heiß!

Josuha: Josuha stöhnte. Sein Kopf fiel nach vorne und er drängte sein Becken nach hinten, dem Finger entgegen. Mehr! Er wollte mehr! »War das schon alles?«, höhnte er keuchend, kratzte mit den Nägeln über das glatte Holz und suchte nach mehr Halt.

Flynn: »Sei still!«, zischte Flynn, immer noch unsagbar wütend und schob direkt zwei Finger nach, dehnte den anderen mit Gewalt.

Josuha: »Scheiße, du - aaahh!«, japste er. Sein Körper sackte nach unten weg, floss den drei verwöhnenden Fingern entgegen, voller Gier nach dem, was gleich kommen würde.

Flynn: »Du sollst still sein!« Es reichte! Mehr bekam Joshua nicht. Egal ob er nun soweit war oder nicht! Flynn schnaubte böse, als er ihm seine Finger entzog, öffnete mit zwei schnellen Handgriffen seine Hose, zog sie nach unten und dann war er mit einem harten, viel zu schnellen Stoß in ihm.

Josuha: Josuha musste sich selbst in den Handrücken beißen, um nicht vor Schmerz und Erregung aufzuschreien, als Flynn seine harte Erektion in ihn rammte.

Genau das war es, das hatte er gewollt und so wartete er gar nicht ab, bis er sich an den großen harten Schaft in seinem Inneren gewöhnt hatte, sondern stieß sein Becken jetzt von selbst nach hinten. »Fick mich!«, hauchte er atemlos und spannte die Muskeln an. Er wusste genau, wie Flynn darauf jetzt reagieren würde.

Flynn: »Du sollst – endlich ... still sein!«, brachte Flynn raus, als er direkt begann sich zu bewegen.

Er nahm keine Rücksicht, hielt nichts zurück, während er Josuha fast schon mit Gewalt gegen das Regal fickte, so hart, dass es mit Sicherheit schmerzhaft war, aber es war ihm egal!

Josuha hatte ihn herausgefordert und jetzt bezahlte er, und wenn man nach den nur halb unterdrückten Geräuschen ging, war es ohnehin genau das, was der andere wollte!

Wütend drängte er sich noch näher an ihn, riss mit einer Hand sein Shirt zur Seite und biss ihn in die Schulter, griff gleichzeitig um ihn herum, um ihm den Mund zuzuhalten, als Josuhas Kopf nach oben schnellte.

Josuha: Gleißender Schmerz zog durch seine Schulter. Für einen Moment vergaß Josuha alles andere um sich herum, schrie gegen die warme Hand über seinen Lippen, nur um sich dann an seinem eigenen Stöhnen zu verschlucken. Flynns Stöße gewannen erneut an Kraft. Es tat weh, das alles, und gleichzeitig hatte er sich nie besser, hatte sich nie lebendiger gefühlt als jetzt in diesem Moment. Lange würde es nicht dauern. Er spürte bereits das Kribbeln in seinen Lenden.

Flynn: Josuhas Schrei war genau das, was er hören wollte! Flynn wollte, dass er litt, dass er bereute und er sollte den Schmerz annehmen. Er sollte seine Strafe hinnehmen, dankbar, dieser verdammte Scheißkerl, genau das sollte er! Immer wieder stieß er in den zitternden Körper, fickte ihn, nur darauf bedacht, sich selbst zu befriedigen und gleichzeitig wusste er, dass es genau das war, was auch Josuha wollte. Bald ...

Josuha: Genau das war es! Genau das brauchte er! Stöhnend und keuchend drängte er sich fester gegen Flynn und dann wäre er fast in die Knie gebrochen, als Flynn diesen einen Punkt in ihm traf, und dann wieder und wieder. Er stöhnte immer lauter, bis er es schließlich gar nicht mehr aushielt und ihn ein heftiger Orgasmus überrollte, dass es ihn nun fast endgültig von den Füßen riss. In harten Schüben verteilte sich sein Erguss über das vollgestellte Regal auf Höhe seiner Hüfte und es kümmerte ihn nicht im Mindesten!

Flynn: Plötzlich verengte sich Josuha um ihn, trieb ihn damit beinahe in den Wahnsinn und dann war Flynn ebenfalls soweit, konnte und wollte sich nicht mehr zurückhalten, und kam mit einem tiefen erleichterten Stöhnen in Josuha, bewegte sich dabei einfach weiter, bis nichts mehr kam und er bereits spürte, wie sein Saft aus dem anderen herauslief. Es war ihm egal. Nicht sein Problem. Er hatte ihn provoziert!

(Josuha: Du bist widerlich.)

(Flynn: xPPP)

Josuha: Erschöpft und wirklich am Ende seiner Kräfte klammerte sich Josuha an das Regal.

Sein Herz raste. Er hatte das Gefühl, keine Luft zu bekommen. Seine Schulter pochte schmerzhaft. Von dieser Aktion würde er vermutlich länger etwas haben. »Zufrieden?«, murrte er, obwohl er Flynn eigentlich gar nicht mehr reizen wollte.

Flynn: »Du bist so ein Arschloch«, zischte Flynn und zog sich dann endgültig zurück und seine Hose wieder hoch. Alles in ihm drängte danach, den anderen in seine Arme zu ziehen, ihm endlich zu sagen, was er für ihn empfand und sich zu entschuldigen und ... Aber das ging nicht. Damit würde er alles kaputt machen.

Josuha: Erschöpft und mit wackeligen Knien lehnte Josuha noch für ein paar Sekunden an dem Brett, bevor er die Regale um sich herum im Halbdunkel näher betrachtete, auf der Suche nach etwas, womit er sich zumindest notdürftig säubern konnte. Leider war da nichts. Er seufzte leise. Dann musste es bis zu den nächsten Toiletten eben so gehen.

Flynn: »Ich hab ´n benutztes Taschentuch ...«, bot Flynn halbwegs versöhnlich an und zog das zusammengeknüllte Tuch aus seiner Tasche. So ganz egal war Joshuas Zustand ihm dann leider doch nicht.

Josuha: »Danke«, murmelte er, zögerte kurz, nahm das Taschentuch dann aber doch entgegen. Besser als sich jetzt die Hose zu versauen.

Flynn: Tja, und da standen sie nun und wussten nicht, was sie sagen sollten. Die Stimmung war angespannt, immer noch merkwürdig aufgeladen. »Hab ich ... dir wehgetan?«, fragte er, bevor er sich zurückhalten konnte. Das letzte, was er im Grunde wollte, war Josuha zu verletzen. Er war nur einfach selbst so schrecklich wütend und verletzt gewesen. Und eigentlich ... War er es immer noch.

Josuha: »Nein ...«, gab Josuha zurück, schüttelte zusätzlich den Kopf.

Flynn: »Okay ...« Und dann konnte er einfach nicht mehr anders, überbrückte die kurze Entfernung zwischen ihnen und schloss seine Arme um Josuha, der es gerade so geschafft hatte seine Hose wieder anzuziehen. Seine Nase strich über Josuhas Nacken, er schmeckte den feinen Schweiß und atmete tief seinen Geruch nach Sex.

Josuha: Vollkommen steif und völlig überfordert mit der Situation stand Josuha da und wusste nicht, was er tun sollte. Was tat Flynn da? War er nicht eben noch so sauer gewesen? Was sollte das jetzt? Sie hatten sich nach dem Sex nie umarmt oder etwas Ähnliches getan, das passte nicht zu ihrer Vereinbarung.

(Flynn: Es bringt dich ja bitte nicht um, die Umarmung zu erwidern! XP)

(Josuha: Warum sollte ich?)

(Flynn: Weil du ein Herz hast? XD)

(Josuha: Habe ich das?)

(Flynn: Okay, okay, dann nicht, mein Fehler! XP Arsch ...)

(Josuha: ;))

Kopfschüttelnd sehe ich auf den Bildschirm. Oh Mann. Das war kurz, aber verdammt heftig. Vor allem weiß ich, wie unsere Abstellkammern in der Uni aussehen. Okay, ich weiß wie eine aussieht, weil wir in einem Kurs mal einen feuchtfröhlichen Vorfall mit einer geplatzten Colaflasche hatten, aber so viel Unterschied wird da ja nicht sein. Wirklich viel Platz hat man nicht in den Dingern, aber für solche Aktionen reicht es gerade so. Und allein der Gedanke, es mit Leon dort zu treiben ... Mein Kopfkino gerade ... Noch hab ich mir keinen dazu runtergeholt, aber hart bin ich. Scheiße ey, das mit Leons Aussehen für Chain klappt besser, als es sollte. Vor allem, weil mich die Situation generell irgendwie an ihn und mich erinnert hat. Als wir da auf der Schaumparty waren ... Kein Scheiß, ich war da so verdammt scharf auf ihn! Wären wir nicht dort im Gang zu den Toiletten gewesen, wo die ganze Zeit Leute vorbeikamen, ich weiß echt nicht, was noch passiert wäre. Zumindest von meiner Seite aus. Ich habe keine Ahnung, ob Leon mit mir schlafen würde. Immerhin wäre das sein erstes Mal mit einem Mann und dann auch noch als Bottom. Davon ab glaube ich nicht, dass er sich dafür nen Platz wie Toiletten oder ne Abstellkammer vorstellen würde, aber generell ... Ich weiß es wirklich nicht. Und fragen ist ja auch irgendwie blöd.

(Josuha: Bist du noch da? Schreibst du?)

Oh, ich war ja dran!

(Flynn: Meh, sorry, mein Penis will Aufmerksamkeit! XD Ich bespaße den kurz, dann bin ich am Handy?)

(Josuha: Ich dachte, du wolltest umarmt werden?)

(Flynn: Ne, jetzt nicht mehr. Jetzt will ich was Anderes und da du nicht hier bist, muss ich selbst Hand anlegen xP)

(Josuha: Dann viel Spaß.)

(Flynn: Danke! Bis gleich! X3)

Dann schließe ich das Fenster und stelle den Laptop vorsichtig neben dem Bett auf den Boden und dann gönne ich mir erst mal eine Großaufnahme von Chains aka Leons Hintern, von dem ich zwar nur weiß, wie er eingepackt aussieht, aber ich hab ja eine ausgeprägte Fantasie.

***

Es ist Freitagnacht, kurz nach zehn, und ich bin mit den Nerven am Ende. Okay, sooo schlimm ist es nicht, aber ich bin jetzt wirklich mehr als fertig mit dem Tag. Erst eine Überraschungsklausur, die zwar nicht gewertet wird, aber mein Ego zerstört hat. Dann hatte Hannah beschissene Laune und hat mich wegen morgen angemeckert, weil ich lieber mit Nick und ihrem Ex Pornobilder mache, statt mit ihr für Vegas shoppen zu gehen. Zwar hat sie sich hinterher dafür entschuldigt, was von Nervosität erzählt und immerhin gesagt, dass sie die Bilder von Nick und mir dann gerne sehen will, aber ich war trotzdem echt bedient. Meinen Bus nach Hause habe ich dann auch noch verpasst, und zwar die richtig fiese Variante, bei der man das Ding gerade noch wegfahren sieht, und zu Hause hatte ich nichts im Kühlschrank und weder Mum noch Dad waren da und dann, als ich gerade loswollte, um mir im nächsten Supermarkt was zu essen zu organisieren, kam der Oberkracher, als Viktor angerufen und gefragt hat, ob ich auf der Arbeit für jemanden einspringen kann. Das einzig Gute: Da ich sofort los bin und damit eine halbe Stunde früher da war, habe ich immerhin noch was zu essen bekommen.

Vor meiner Schicht hab ich noch mit Nick geschrieben, der gejammert hat, weil Alexander sich den ganzen Tag noch nicht gemeldet hat. Einen Tag, ha! Da lache ich ja! Und jetzt, gefühlte zwanzig Stunden später, habe ich endlich Feierabend. Total erledigt werfe ich mir meine Jacke über und hole mein Handy aus der Tasche. Neue Nachrichten von Nick. Und nicht wenige. Hä? Der wusste doch, dass ich arbeite und nicht ans Handy kann?

»Tschüß, Mike, schönes Wochenende!«, ruft meine Kollegin mir hinterher und ich drehe mich kurz vor der Tür nochmal um.

»Danke, dir auch! Ciao!«, rufe ich noch in die Runde, dann mache ich die Eingangstür auf und wäre fast mit Nick zusammengestoßen. Was, zur Hölle, tut der hier?

»Endlich! Ich dachte, du kommst gar nicht mehr raus!«, keift er mich an, wirft die Arme in die Luft und dreht sich einmal halb im Kreis. Okay, er wirkt etwas aufgebracht. Und das ist ungefähr die Untertreibung des Jahres.

»Was ist passiert?«, frage ich, mein Handy immer noch in der Hand, in dem ich wahrscheinlich die Antwort zu der Frage finde, aber ich bezweifle, dass Nick mich das schnell lesen lassen wird. Er sieht zum Fürchten aus. Seine Haare stehen in alle Richtungen ab und er hat seine schwarze Jogginghose an, war also quasi schon fertig mit dem Tag.

»Das fragst du? Ich hab dir alles geschrieben!«, meckert er, funkelt mich böse an und dann explodiert er. »Dieser Mistkerl! Dieser hinterlistige Scheißkerl! Tut vorne rum, als wäre er der Moralapostel schlechthin und dabei ist er nicht nur nicht besser als ich, nein, er ist sogar noch viel schlimmer, das verdammte Arschloch! Weißt du, ich reiße mich so am Riemen! Ich sehe nicht mal geilen Typen nach, weil die mir alle egal sind, weil ich echt nur ihn haben will und was macht er? Was macht er?!«

Ja, was macht er denn, das würde ich auch gerne wissen, aber ich traue mich gar nicht, zu fragen, weil er so wütend ist, dass ich ernsthaft Angst habe, dass er mich anspringt. Jetzt zerrt er sein Handy aus der Tasche, öffnet Facebook und dann habe ich es schon halb im Gesicht kleben. Ich mache einen Schritt nach hinten, damit ich überhaupt was erkennen kann.

Okay ... Da ist ein Foto. Von Alexander. Gepostet von einem gewissen ›Freddy F.‹ , der wahrscheinlich auch der andere Typ auf dem Bild ist. Der, den Alexander mit einem ziemlich glücklichen Lächeln im Arm hält. Oh fuck. Und als würde das noch nicht reichen, steht in der Beschreibung: »Du fehlst hier! <3 <3 <3« Alexander ist auf dem Bild, das seit etwa fünf Stunden online ist, markiert. Darum hat Nick es wahrscheinlich gesehen.

»Scheiße.«

»Fuck, ja! Wie kann er so tun, als -«

»Vielleicht ist es ja gar nicht so wie es aussieht? Vielleicht ist das nur ein guter Freund oder so?«, falle ich ihm ins Wort, versuche Nick zu beruhigen aber wirklich klappen tut es nicht.

»Ja klar, welcher gute Freund schreibt denn sowas? Und warum geht er nicht ans Handy? Ich habe ihn hundertmal angerufen, aber das feige Schwein geht nicht ran!« Meine Güte, so verletzt und wütend habe ich ihn echt noch nie gesehen.

»Meinst du nicht, dass du es ein bisschen übertreibst?

Vielleicht gibt es dafür ja wirklich eine gute Erklärung.«

»Aber klar, deshalb geht er auch nicht ran, ist doch logisch! Weil er so gut erklären kann, wer diese blöde Fickfresse da ist! Ich hab ihm schon gesagt, was ich von ihm halte, dem verdammten Mistkäfer!«

»Ich dachte er ging nicht ran?« Verwirrt sehe ich zwischen ihm und seinem Handy hin und her.

»Hab ihm ne Sprachnachricht geschickt. Gott, ich bin so wütend! Ich bin so - Was machst du da? Ich bin noch nicht fertig!«, keift er mich an. Unbeeindruckt packe ich ihn am Arm, schiebe ihn auf die Seite und mache mir dann von seinem Handy einen Screenshot von dem Eintrag, den ich zu mir schicke.

»Ich hab dir das schon vorhin geschickt, du Blödmann!«

»Sorry, ich kam noch nicht zum Lesen.«

»Und wozu brauchst du den jetzt?«

»Ich schick den Leon und frage, wer das ist.«

»Das -«, fängt er an, unterbricht sich dann aber selbst und macht den Mund zögernd wieder zu.

»Oder hast du das auch schon gemacht? Weiß er´s auch nicht?«

»Nein ... Also nein, daran hab ich gar nicht gedacht.« Jetzt sieht er leicht verunsichert aus. Währenddessen schicke ich Leon das Bild und frage, ob er den Typ kennt. Glücklicherweise ist er auch grade online, sieht die Nachricht und antwortet direkt.

›Hi, das ist Frederick, unser Cousin, warum?‹

Oh. Sogar mir wird jetzt ein bisschen flau im Magen, als ich Nick sein Handy zurückgebe.

»Was hast du Alexander für eine Nachricht geschickt?«,

will ich wissen und kann ihm im Gesicht ablesen, dass ihm Böses schwant. Oder eigentlich Gutes, das für ihn aber böse endet. Oder so.

»Ahm ...«

»Was hast du gesagt ...?«

»Viel ...«

»Auf einer Skala von 1 - 10, wie schlimm war´s?«

»Na ja ... 25?«

»Oh ... Hat er sie schon gesehen?«

»Weiß nicht - Was sagt Leon denn?« Seine Stimme zittert ein bisschen und ich glaube, er ist blass geworden. Kann ich in dem schlechten Licht aber nicht genau sagen.

»Na ja ... Das ist Frederick. Sein Cousin.«

»Sein ... Oh Gott, mir wird schlecht! Fuck! Fuck, fuck, fuck!«

»Guck nach, ob er die Nachricht schon gesehen hat, vielleicht kannst du sie noch löschen!«

»Scheiße ja!« Jetzt hätte er fast sein Handy fallen lassen, so sehr zittern seine Finger, und ich kann´s verstehen. Keine Ahnung was er Alexander alles um die Ohren geschmissen hat, aber wenn´s noch schlimmer war als das, was er zu mir gesagt hat ...

»Oh Gott ...«

»Hat er´s gesehen?«

»Ja ... Und auch schon abgehört.«

»Mist! Und jetzt?«

»Keine Ahnung, ich -« Geistesgegenwärtig fange ich sein Handy, das er von sich schleudert, als es plötzlich anfängt zu klingeln.

»Es ist Alexander«, sage ich das Offensichtliche und

halte ihm sein Telefon hin, aber er versteckt seine Hände hinter dem Rücken, wie ein kleines Kind und schüttelt hektisch den Kopf.

»Ich kann da jetzt nicht - Wehe du gehst da jetzt - Fuck Mike, ich- Hiiiii, Alex! Naaa?« Ich muss mich leider wegdrehen, weil ich lachen muss, kassiere dafür einen harten Tritt auf den linken Fuß. Aua! Lachen muss ich aber trotzdem. »Was? Ach die hab ich dir geschickt? Ohhhhh, das war ein Versehen, ich - ... Nein, nein, ich treffe niemand anderen! Ahm ... Ja also ... Hm ... Ja ...« Er schnauft, seufzt und dann sinkt er ein bisschen in sich zusammen. »Ja, das ... Ich hab das Bild gesehen und bin ein bisschen eskaliert. Ja, wie soll ich dich denn fragen, wenn du nicht ans Telefon gehst?« Ich würde grade echt gerne wissen, was Alexander sagt. »Nein. Nein, ich ... Normal bin ich auch gar nicht eifersüchtig, erst recht nicht so, aber bei dir ... Du hast so glücklich ausgesehen und ... Es ... tut mir leid.«

Am liebsten würde ich ihn in den Arm nehmen, aber ich bezweifle, dass das gerade hilft. Er sieht so niedergeschlagen aus. Dabei kann ich mir gar nicht vorstellen, dass Alexander wirklich wütend wird. Er ist so ruhig und ausgeglichen … Aber die Nachricht muss ja echt fies gewesen sein, so wie Nick da gerade rumschleicht und sich offensichtlich richtig mies fühlt. »Nein ... Nein, ich hab nur ... Nein, eigentlich nicht, ich vertraue dir schon, aber auf dem Bild ... Mir ist da einfach ne Sicherung durchgebrannt. Es tut mir echt leid ... Hm ... Hm, ja, ich versteh schon ... Hmhm ... Mit Mike. Ich hab ihn von der Arbeit abgeholt. Okay. Ja, ich melde mich, wenn ich daheim bin. Sorry nochmal ... Na ja, wenn ich Angst habe, dass mir jemand was wegnehmen will, werd ich schon mal zur Harpyie, und da ich an deinen Cousin nicht rangekommen bin ... Entschuldige. ... Ja, bis dann, Ciao.« Er tut mir echt leid. Langsam lässt er das Telefon sinken und sieht mich mit großen Augen an.

»Und?«, frage ich, kann grade nicht so richtig abschätzen, was jetzt kommt.

»Er hat mich ausgelacht«, jammert er los und ich muss auch lachen. Schon wieder. Und auch diesmal tritt er nach mir, aber ich schaffe es auszuweichen. »Das ist nicht lustig!«

»Doch, ist es! Und sei doch froh, dass er nicht böse ist! Wer weiß, was du alles zu ihm gesagt hast. Wahrscheinlich genug, dass jeder andere danach nie wieder mit dir gesprochen hätte!«

»Ja, bin ich doch, aber das ist echt nicht lustig. Ich hatte voll die Panik, dass er Schluss macht.«

»Sollte er, weil du ein Trottel bist. Ein eifersüchtiger, total verliebter Trottel.«

»Ja und? Ich steh dazu!« Jetzt muss er zum Glück selbst lachen und sieht schon nicht mehr so verstört aus wie gerade eben. Oh Mann, ey ...

»Na immerhin. So, und jetzt? Willst du noch was machen?«

Grinsend deutet er auf seine Hose und die Schuhe.

»Bist du bescheuert? Was denkst du, warum ich nicht zu dir in den Laden rein bin, um dich an den Haaren raus zu zerren?«, meckert er lachend, dann reibt er sich die Arme und mich fröstelt, als ein Windstoß durch die Gasse fegt. Scheiße ist das kalt!

»Okay, dann hau ich jetzt ab«, sage ich und er nickt.

»Alles klar, ich auch. Und danke, Mann. Ich glaube, ohne deine Aktion grade hätte das echt noch geknallt. Auch noch voll unnötig.« Er schüttelt den Kopf und schnaubt lachend. »Dabei bin ich bei uns eigentlich das Hirn.«

»Tja, das hast du wohl weggeworfen, als Alexander kam.«

»Ich glaub´s auch. Na ja, bis morgen dann. Ich freu mich auf die Bilder!«

»Ich mich auch!« Wir umarmen uns kurz, dann machen wir uns in entgegengesetzte Richtungen auf den Heimweg. Was für ein Tag.

***

Dafür, dass der Freitag so beschissen gelaufen ist, bin ich mit dem Verlauf vom Samstag ziemlich zufrieden. Ich bin irgendwas gegen neun von selbst wach geworden, wollte aber nicht aufstehen, also hab ich mich noch ein paar Mal rumgewälzt, mit Hannah geschrieben, die dann heute mit Fiona einkaufen geht. Anschließend hat Nick sich gemeldet und gefragt, ob ich jetzt schon vorbeikommen will. Hab natürlich ja gesagt und der gemeine Schlaufuchs hat mich dann auch direkt noch zum Einkaufen für Frühstück zum Bäcker geschickt.

Jetzt stehe ich vollbepackt vor seiner Tür, natürlich noch nicht im Cosplay, und hoffe für ihn, dass er schon Kaffee gemacht hat.

Er reißt die Tür auf. »Morgen!«, begrüßt er mich strahlend und ich drücke ihm erst mal die große Tüte vom Bäcker in die Hand.

»Morgen. Du Ausbeuter ...«, gebe ich schmunzelnd zurück, gehe rein und ziehe mir die Schuhe aus.

»Ich bin nur praktisch veranlagt, wenn du das nicht würdigen kannst, ist das nicht meine Schuld!«

»Ja, ja, ja.« Grinsend folge ich ihm in die Küche, pflanze mich an den kleinen Klapptisch und überlasse es ihm, den Rest des Frühstücks vorzubereiten. Seine kleine Küche bietet gerade so Platz für seine improvisierte Küchenzeile und einen Tisch für zwei Personen, den er immer an die Wand klappt, weil man sich sonst kaum zwischen Anrichte und Tisch durchquetschen kann. Dafür ist sein Wohn - und Schlafbereich echt großzügig geschnitten und durch die großen, Fenster, die bis zum Boden gehen, auch noch richtig schön hell. Er hat sogar einen kleinen Balkon, den aber nie jemand benutzt, weil er winzig ist und nicht mal Platz für einen Stuhl bietet. »Und, habt ihr gestern noch geschrieben?«, frage ich ihn, weil er sich gar nicht mehr gemeldet hatte. Entspannt sehe ich ihm zu, wie er zwei große Tassen, eine mit Son Goku und eine mit Link – die bekomme immer ich -, aus dem Schrank holt und Kaffee einschenkt.

»Ne, wir haben dann noch telefoniert, als ich daheim war. Ne Stunde lang oder so.«

»Hat er noch was gesagt?« Nick schüttelt den Kopf, dann holt er Teller und Besteck und bringt alles zum Tisch. »Nö, gar nicht. Also, er hat dann irgendwann so ganz nebenbei angefangen von Frederick zu erzählen, und dass der ziemlich offen und gerade heraus ist und wir uns bestimmt super verstehen würden. Da bin ich mir nur noch bescheuerter vorgekommen, aber sonst hat er nichts mehr gesagt.«

Butter, Marmelade und eine angebrochene Packung Salami sowie ein Päckchen Käse finden ihren Weg zu mir auf den Tisch. Ich gucke ihn enttäuscht an.

»Keine Marshmallowcreme?«, frage ich traurig und er lacht.

»Ach Mist, ja!« Er steht nochmal auf und holt mir das unfassbar süße, verdammt klebrige, aber auch echt leckere Zeug, um dann nach der Tüte vom Bäcker zu greifen und den Inhalt auf die Tischplatte zu kippen. Und ich hab einiges mitgebracht. Wir sind ja schließlich länger hier.

»Na, aber schau, Alexander ist doch echt in Ordnung. Ich meine, wer hätte das von gestern so einfach weggesteckt?«

»Ich weiß. Er ist echt toll.« Nicks zufriedenes und schwer verknalltes Lächeln spricht Bände. Er ist einfach so süß ...

»Ich freu mich ehrlich für dich!«

»Danke. Momentan läuft´s aber bei allen voll gut, oder? Also Hannah mit Thorsten, Tim mit Fiona, du mit Leon ...« Ich schüttle mit vollem Mund den Kopf.

»Nene, nix Leon und ich«, brumme ich und verteile mein halbes Croissant dabei auf dem Tisch.

»Ey, Mund zu beim Essen! Und warum nicht? Ich dachte ihr hattet Donnerstag ein Date?« Ich kaue zu Ende, dann schlucke ich hektisch. Was redet der für einen Blödsinn, hallo?

»Das war kein Date. Wir waren nur essen und sonst nichts.« Ich muss an unsere Gesprächsthemen denken, und eigentlich sind sexuelle Vorlieben ja keine sooo leichte Kost für platonische Freunde, aber egal.

»Okay?« Nicks Blick ist ziemlich skeptisch und ich schnaube genervt.

»Ja, Mann, wir sind echt nur Freunde. Du und ich hatten das auch, ja? Also, eine Freundschaft mit Extras, du erinnerst dich vielleicht noch? Und wir haben wesentlich mehr getan als ein bisschen rummachen am Wochenende. Da ist nichts.«

»Hmhm ...«

»Guck nicht so! Ich will nach wie vor Chain, aber der Blödmann will mich nicht. Außer am Computer und das ist echt ziemlich unbefriedigend.«

»Und es ist keine Option, einfach mal zu akzeptieren, dass er nicht will?«

»Nein?«

»Okay ... wie steht Leon denn zu euren Aktionen? Wie sieht der das denn«, fragt Nick und bringt mich damit kurz aus der Fassung. Was interessiert ihn das denn?

»Na, genauso wie ich?« Langsam bin ich echt genervt.

»Hat er das so gesagt?«

»Nein, aber auch nichts anderes, und können wir bitte das Thema wechseln? Danke!«, maule ich und beiße erneut in mein Croissant. »Oh Gott, die sind ja mit Nougat gefüllt! Das ist ja noch geiler, als mit Schokolade«, seufze ich, direkt ein bisschen glücklicher und Nick lässt es jetzt zum Glück auch gut sein und wir wenden uns einem anderen Thema zu.

Knapp drei Stunden später klingelt es dann endlich an der Tür. Wir haben schon alles vorbereitet, Nicks Bett schön drapiert und unsere Perücken aufgesetzt. Außerdem rennen wir seit einer halben Stunde nur noch in Unterwäsche durch die Wohnung, weil Nick die Heizung hochgedreht hat, damit uns nicht kalt wird. Dementsprechend irritiert ist Leon, als ich ihm nur in Boxershorts die Tür aufmache.

»Hi!«, begrüße ich ihn. Erschrocken macht er einen halben Schritt nach hinten.

»Hallo. Du siehst schon ziemlich bereit aus«, sagt er, sieht mir dabei aber starr ins Gesicht.

»Oh, das bin ich! Komm rein. Willst du noch was essen? Wir haben noch Zeug vom Frühstück.«

»Danke, gerade nicht.«

»Okay. Wahrscheinlich musst du dich auch gleich ausziehen, es ist ein bisschen warm in der Wohnung.«

»Ist mir aufgefallen.« Kann der Spacko nicht zumindest ein bisschen lächeln und zeigen, dass er gerne hier ist?

»Hey Leon!«, grüßt jetzt auch Nick. »Bereit für ein paar seeehr heiße Szenen?« Leon nickt stumm, sieht nicht im mindesten begeistert aus, aber Nick macht nicht den Eindruck, als würde ihn das auch nur die Bohne interessieren.

»Hat sich das mit Alexander und dir geklärt?«, fragt Leon. Nick gibt ihm die Kurzfassung, während wir uns alle in Richtung seines Bettes bewegen.

»So«, schließt Nick das Thema schließlich ab und greift zur Kamera, die schon bereit auf dem Bett liegt. »Du kennst dich ja aus. Ich habe Vorlagen auf meinem Laptop. Da wär´s gut, wenn du uns ein bisschen beim Drapieren hilfst, ansonsten ... Du machst das schon.«

Der Laptop steht links vom Bett auf dem Schreibtisch und auf dem ist schon ne ziemlich heißes Bild zu sehen. Zwar von einem Mann und einer Frau, aber das ist ja völlig egal. Leon nickt ernst und ich zupfe an seinem dicken, dunkelblauen Pullover.

»Sicher, dass du den nicht ausziehen willst? Hier drin ist es echt warm und gleich wird es verdammt heiß werden«, ziehe ich ihn auf und sehe dann zu, dass ich zu Nick aufs Bett komme, als Leon mich anknurrt. Wer wird denn da so empfindlich sein, also echt.

»Okay, also zum Warmschießen dachte ich an was Kuscheliges«, übernimmt Nick jetzt das Kommando und ich lasse mich widerstandslos mit dem Rücken gegen die Wand schieben, öffne die Beine, damit er sich dazwischen legen und an meine Schulter kuscheln kann. Wenn die Pose nur halb so süß aussieht, wie sich das grade anfühlt, wird das ein ultraniedliches Bild!

»Fertig?«, fragt Leon, steht total unbegeistert da und wartet, dass wir soweit sind.

»Keine Ahnung, sieht es gut aus?«

Leon atmet nochmal gepresst aus, als wären wir die schlimmsten und anstrengendsten Menschen, die er je hatte, dann hebt er die Kamera und macht das erste Bild.

»Hm ... Mike, den Kopf tiefer und die Nase mehr in meine Richtung, Nick bleibt so. Und mach was mit deinem Mund, das sieht blöd aus.«

»Wer jetzt, er oder ich«, will ich wissen, drehe aber schon mal meinen Kopf so wie er es haben will.

»Du. Grins nicht so dämlich.«

»Du bist ein gemeiner Fotograf, muss ich schon sagen. Letztes Mal warst du freundlicher«, meckere ich, sammle mich dann und versuche, mein Gesicht unter Kontrolle zu bekommen. Es klickt, dann nochmal.

»Nicklas, dreh dich mal seitlicher, aber nicht so, dass dein Gesicht hinter Mikes Kopf verschwindet. Ja, so. Eine

Hand auf seine Brust. Ja, so bleiben.« Klick. »Und jetzt die Augen zu. Beide. Ihr schlaft quasi.

Wobei nein, bei Mike macht das keinen Sinn. Schau einfach gerade aus.«

»Okay.« Anweisung auf Anweisung folgt, aber wirklich was ändern tut sich nicht an der Position. Irgendwann ist er aber wohl zufrieden und kommt zu uns.

»Hier«, brummt er, sieht immer noch so aus, als wäre er am liebsten woanders, und als Nick die Kamera nimmt, zieht er sich doch den Pullover über den Kopf. Drunter trägt er ein schwarzes, ziemlich enganliegendes T-Shirt. Das will er nicht zufällig auch noch ausziehen ...?

»Danke. Wow, die sind mega schön!« Nick war bisher noch nie so begeistert bei einem Shooting, vor allem, wenn wir gerade erst angefangen haben.

»Echt? Zeig her!« Neugierig beuge ich mich zu ihm. »Fuck ja ...«

»Und alle sind scharf«, brummt er und nickt anerkennend.

»Hn.«

»Darfst weiter rummaulen, wenn die Bilder so gut bleiben!« Nick lacht und gibt Leon die Kamera wieder. Der verzieht keine Miene, der Arsch. »So, weiter! Ich denke, wir können direkt bisschen in die Vollen gehen, oder?«

»Klar, bin bereit«, schnurre ich und dann liege ich auch schon auf dem Rücken und Nick zerrt mir die Unterhose über die Hüfte. »Wow, du hast es echt eilig!«, sage ich, sehe dabei kurz zu Leon, der die Szene mit versteinertem Gesichtsausdruck beobachtet. Gruselig. Und Nick lacht.

»Jap, und nötig, aber leider kannst du mir da nicht helfen!«

»Ja, ich weiß, tut mir auch voll leid für dich. Aber hey, ich hab auch keinen Sex, leiden wir gemeinsam«, gebe ich grinsend zurück und sehe zu, wie er sich ebenfalls komplett auszieht, dann setzt er sich rittlings auf meine Mitte. »Du bewegst dich da besser nicht zu intensiv, ne?«, sage ich und hebe vielsagend meine Augenbrauen.

»Ich geb mir Mühe! Okay ... Leg deine Hände auf meine Hüfte. So, damit mein Ding nicht sichtbar ist. Leon, wie sieht das aus?«

»Wie ein Screenshot aus einem sehr schlechten Heimporno.«

»Na danke! Ich meine, ob man meinen Schwanz sieht!«

»Gerade glücklicherweise nicht.«

»Du bist scheiße. Na hopp, knips los!« Das mit dem Pornogesicht kann ich. Und zwar auf Anhieb. Haben wir schon bei dem Shooting am See festgestellt, dass das problemlos funktioniert.

»Ihr müsst die Decke da anders hinlegen, die nimmt gerade ein Drittel des Bildes ein.«

»Oh, okay.« Nick zerrt an dem Ding rum, macht es noch ein bisschen platter.

»Und Mike braucht irgendwas im Rücken. Sein Oberkörper ist zu lang, das sieht merkwürdig aus.« Auch dieses Problem lösen wir und ich bekomme ein paar Kissen in den Rücken gestopft, was die ganze Position für mich sogar noch bequemer macht. Währenddessen beobachte ich unauffällig Leon, der sich Schweiß von der Stirn wischt. Langsam wird es hier echt heiß. Aber wenn ich jetzt nichts sage, vielleicht zieht er sich ja doch noch aus? Hmmm ...

»So, noch was?«, fragt Nick, als alles so liegt, wie es soll, und Leon schüttelt den Kopf. Okay, Sex-Gesicht! Es klickt, nochmal, und nochmal.

»Seht euch mal an ... Okay ... Und jetzt nur Mike. Nicklas, Kopf in den Nacken und ... Na ja tu so, als würdest du kommen.« Mein Blick fliegt erneut zu Leon, der inzwischen mit hochrotem Kopf dasteht, aber dann muss ich mich mit aller Macht darauf konzentrieren nicht hart zu werden, weil Nick sich jetzt verspannt, in einer langsamen, verfickt sinnlichen Bewegung sein Becken über meinen Schwanz nach vorne schiebt und fuck, Hundebabies! Kleine süße Hundebabies, ganz, ganz, ganz viele!

Es klickt und ich habe keine Ahnung, was mein Gesicht tut, aber offenbar ist es das Richtige, denn es kommen keine weiteren Anweisungen mehr und dann ist es glücklicherweise auch schon vorbei.

»Scheiße Mann«, brumme ich, fahre mir mit einer Hand übers Gesicht. Nick lacht leise und rutscht zum Glück wieder ein bisschen nach hinten. Nur um dann in meinen Schritt zu sehen und kichernd meinen halbharten Penis anzupieken.

»Ey, pack den weg. Wir brauchen den nicht!«

Ich lache schnaubend.

»Sag ihm das mal. Dem ist das grade ziemlich egal. Wahrscheinlich erinnert er sich an deinen geilen Arsch.«

»Gut möglich, aber der ist jetzt besetzt, sorry, lieber Penis ...«

Ein tiefes und sehr genervtes Seufzen erinnert uns daran, dass Leon auch noch da ist und als er näherkommt, nehme ich einen Zipfel der Bettdecke und lege ihn über unsere Mitte.

»Danke«, kommentiert er es und ich grinse ihn an.

»Kein Ding. Zeig her!« Ich bekomme die Kamera und sehe mir die Fotos an, bevor ich sie an Nick weitergebe.

»Sehr geil«, ist sein zufriedenes Urteil. »Und auch alle scharf. Ist ne Fresse ziehen bei dir ein Indikator für gute Bilder?«

»Sehr witzig ...«

»Ach komm, sei nicht so. Du bist auch gleich noch dran.«

Leons Blick huscht kurz zu mir, dann wieder zu Nick, und tatsächlich sieht er grade ein bisschen unsicher aus, als ... als würde er vielleicht doch wollen. Nur zugeben kann er´s nicht.

Ich würde verdammt gerne mit ihm shooten. Ich meine, er würde sich dann noch weiter ausziehen und ich müsste ihn anfassen. Das klingt verdammt gut, finde ich. Aber erst mal sage ich noch nichts, Leon auch nicht, und wir gehen über zur nächsten Pose.

Wir shooten etwa zwei Stunden. Zwischendurch drehen wir doch mal die Heizung zurück, weil es hier drin unerträglich heiß geworden ist und Leon, der sture Bock, sich trotzdem nicht ausgezogen hat.

»So, ich bin jetzt durch mit meinen Wünschen, ihr seid dran!« Grinsend sieht Nick von mir zu Leon und ich zucke mit den Schultern, sehe dann ebenfalls zu Leon, der dazu gar nichts sagt, sondern uns nur stumm ansieht. Keine Ahnung, was dieser Blick zu bedeuten hat. Hach ja, man kann es sich auch schwerer als nötig machen.

»Joa, also ich würde schon ...«, sage ich, angle währenddessen nach meiner Unterwäsche. »Muss ja nicht ganz nackt sein, nur so n bisschen.« Immer noch keine Reaktion. Er schluckt nur und sieht runter auf seine Hände, die die Kamera halten.

»Die brauchst du ja jetzt nicht mehr. Und das Shirt auch nicht, weg damit«, nimmt Nick ihm schließlich einfach die Entscheidung ab, hängt sich die Kamera um den Hals und greift dann nach dem Saum von Leons Shirt. Gleich ....

»Finger weg«, wird er allerdings ausgebremst und ich bin schon fast enttäuscht, aber dann greift er selbst an den unteren Rand und zieht es sich langsam über den Kopf. Und ich sabbere vielleicht gleich. Er tut´s! Fuck, yeah, er shootet tatsächlich mit mir!

Nick hat inzwischen grinsend die Hände gehoben zum Zeichen, dass er ihn nicht anfassen wird, dann tritt er nach hinten. Meine Unterhose ist jetzt auch wieder da, wo sie hingehört und so habe ich ausreichend Zeit, Leon nicht gerade unauffällig zu mustern. Er merkt es und ich könnte schwören, dass einer seiner Mundwinkel kurz gezuckt hat.

»Okay ... Mike, setz dich bitte an den Bettrand. Füße auf den Boden und Beine auseinander. Leon, zwischen seine Knie, Becken etwas nach vorne, Oberkörper zurück.« Ganz automatisch folgen wir Nicks Anweisungen und erst als Leon zwischen meinen Beinen steht, wird mir klar, dass ich quasi seinen Schritt vor meiner Nase habe. Also, nicht wirklich, so lang sind seine Beine dann auch nicht, aber er ist mir schon recht nah. Fasziniert sehe ich dabei zu, wie sein Brustkorb sich bei jedem Atemzug weitet und mir entgeht auch das ganz leichte Zittern in seiner Atmung nicht. Er ist nervös. Wie süß ...

»Keine Angst, ich fresse dich nicht! Außer du willst das«, säusle ich, zwinkere ihm dabei zu und kassiere einen mittelharten Fausthieb gegen meine Schulter. Aua.

»Halt die Klappe.«

Nick lacht leise, während er an den Kameraeinstellungen herumspielt, sagt aber nichts. Erst als er zufrieden ist, gibt er weitere Anweisungen.

»Okay, Mike, mach seine Hose auf, aber nicht ausziehen. Nur bisschen nach unten, so dass man halt sieht, dass sie offen ist. Die linke Hand zur Hose, die rechte ... Sieht man eh nicht, ist egal.

Und bitte die halb geöffneten Lippen zu seinem Bauch. Leon, du kannst eine Hand in seine Haare schieben, oder gar nichts machen, kannst du dir aussuchen. Aber mach bitte ein Gesicht, als würdest du das hier auch wollen, wenn´s möglich ist.«

»Hn.« Ich enthalte mich, mache einfach nur was mir aufgetragen wurde und ... Oh Mann ... Wenn ich eine andere Hose als meine eigene geöffnet habe, dann meistens mit der Absicht, Sex zu haben. Das ist so komisch hier. Und ich brauche tatsächlich zwei Anläufe, bis ich Leons Hose offen habe. Als ich den Reißverschluss runterziehe, ganz, ganz langsam, hebe ich den Kopf. Unsere Blicke treffen sich und mir wird noch ein bisschen wärmer. Für einen Moment vergesse ich alles um mich herum. Ich will ihn einfach nur auf meinen Schoß ziehen und ihn küssen und irgendwas sagt mir, dass er sich nicht wehren würde.

»Alter Schwede, bei euch brennt die Luft, das ist nicht mehr normal«, sagt Nick und holt mich wieder zurück ins Hier und Jetzt. Soll ich da jetzt was dazu sagen? Ne, oder?

Leon sagt auch nichts, sieht nur kurz zu Nick und dann wieder zu mir.

Okay, dann mal los. Meine zweite Hand, die man eh nicht sieht, lege ich jetzt einfach an seine Taille. Seine Haut ist warm und glatt, fühlt sich verdammt gut an und ich würde gerne mehr von ihm anfassen, aber ich denke, dazu bekomme ich noch ausreichend Gelegenheit.

»Mike? Dein Kopf?«

»Oh, sorry!« Stimmt ja, an den Bauch. An diesen wundervollen, perfekten Bauch. Meine Lippen kribbeln, als ich sie ganz sanft auf seine Haut lege. Er bekommt Gänsehaut. Oh ja, er will das auch! Da kann er sich anstellen, wie er will, aber mich verarscht er nicht.

Es klickt, und dann nochmal.

»Sehr schön. Okay, jetzt kann die Hose weg.« Eventuell ist mein triumphierendes Grinsen daran schuld, dass Leon seine Hose kurz festhält, als ich sie jetzt komplett nach unten ziehen will. Ich weiß es nicht und es ist mir an sich auch egal, denn nach zwei Sekunden, in denen mir sein intensiver Blick einen ziemlich heißen Schauer über den Rücken gejagt hat, lässt er los und schon liegt der dunkle Stoff um seine Knöchel verteilt.

Ich kann leider nicht anders als auf seinen Penis zu starren, der jetzt nur noch von schwarzen Pants mit hellgrauem Bund verdeckt wird. Ein hübscher Kontrast zu meinen roten Boxershorts. Wobei seine Unterhose schon echt eng ist und nicht sonderlich viel Raum für Fantasie lässt.

Ob das Absicht war? Ich meine, wollte er, dass ich das sehe? Falls ja ... Ich bin ziemlich begeistert!

»Alter, Leon, dein Arsch gehört verboten, ist ja furchtbar!«, meckert Nick lachend, der im Gegensatz zu mir ja auch die Rückansicht von ihm hat.

»Huh? Zeig her!«, verlange ich, ohne wirklich drüber nachzudenken, packe seine Hüfte und drehe ihn um. Fuck ... »Scheiße, ja«, seufze ich hingerissen und dann kann ich mich leider nicht beherrschen, lege meine Hände um die zwei wirklich mehr als perfekten Halbkugeln und drücke zu. Leon japst erst erschrocken nach Luft, dann springt er leider nach vorne und damit außer Reichweite. Schade.

»Bist du blöd? Was soll das?«, fährt er mich an. Er sieht ziemlich sauer aus, aber er atmet zu schnell und sein Gesicht ist rot. Ich bin nicht ganz sicher, ob er nun wirklich deswegen angefressen ist, aber im Grunde genommen ... war das vielleicht ein bisschen unangebracht. Reumütig ziehe ich den Kopf zwischen die Schultern.

»Sorry, ich konnte nicht anders«, beteuere ich und kichere, als er schnaubt. »Komm wieder her!«

»Jap, geh zu ihm und dann rauf aufs Bett. Uhm ... Parallel zum Bettrand bitte, auf den Rücken.

Mike, du auf ihn drauf. Ein Bein zwischen seine - und ich meine eines, nicht beide! - und dann ... Leon, wie stehst du zu Fast-Kuss-Bildern?«

Leon ist gerade dabei, aufs Bett zu klettern, stockt dann aber mitten in der Bewegung und weil er direkt neben mir ist, entgegnet mir auch sein gehetztes Ausatmen nicht.

»Ich ...«, fängt er an, sieht dann zu mir und ich kann mir nicht helfen, der Drang, ihn an mich zu ziehen, wird mit jeder Sekunde stärker. Ich schlucke trocken, lecke mir über die Lippen und versuche das aufgeregte Kribbeln in meiner Mitte so gut es geht zu ignorieren.

»Wir versuchen es einfach, und wenn du´s blöd findest, lassen wir´s?« Klingt meine Stimme irgendwie anders? Sie kommt mir rauer vor. Aber Leon nickt und ich mache ihm Platz, damit er sich hinlegen kann. Er bekommt ein Kissen unter den Kopf, das Laken wird noch passend drapiert, dann bin ich dran.

Meine Beine, ey ... Man sieht es nicht und schlimm ist es auch nicht, aber die zittern ein bisschen. Ich schiebe mein Knie zwischen seine Beine. Leon wirft mir einen intensiven Blick zu, der direkt in meinen Schritt zieht. Scheiße ... Und dabei liege ich noch nicht mal auf ihm.

»Mike?«, fragt Nick. Ich gebe mir einen Ruck. Na und, dann werde ich halt geil! Vielleicht. Ist ja noch nicht sicher. Aber auch nicht unwahrscheinlich.

»Ja«, brumme ich, dann lasse ich mich endgültig auf ihn sinken und nein, dass er leise keucht, als mein Becken auf seinem zum Liegen kommt, macht es mir nicht leichter. Mein Kopf schwebt über seinem und sein unfassbar guter Geruch erschlägt mich fast, nebelt mich ein, und ich muss kurz die Augen schließen. »Fuck, du riechst so gut«, seufze ich, lausche auf seinen Atem, spüre jede Bewegung seines Körpers unter mir.

Mir wird richtig schwummerig und ich frage mich kurz, warum es gerade nicht so gut wäre, ihn jetzt einfach zu küssen. So lange und so intensiv, bis ich nicht mehr weiß, wo oben und unten ist.

»Danke«, kommt es leise zurück und jetzt erwidere

ich seinen Blick, schlucke erneut, weil er sich über die Lippen leckt und dabei so hinreißend überfordert aussieht. »Du auch.«

Gott, dieses Kribbeln! Es ist überall!

»Danke ...« Es klickt zweimal, aber das kriege ich nur am Rande mit. Ich finde Leons Lippen viel interessanter. Es fühlt sich so gut an, auf ihm zu liegen, seine warme, weiche Haut direkt an meiner zu spüren, und wie er mich ansieht -

»Ey, kann ich euch mal nen Tipp geben? Vögelt endlich! Das ist ja kaum auszuhalten. Ich fühle mich wie son Spanner, ist ja echt schrecklich mit euch!«

»Was?«, fragen Leon und ich, haben wohl beide nicht wirklich zugehört, weil ... Diese Lippen ...

Und das Schlimmste: Ich weiß genau, wie sie sich anfühlen würden, wenn ich ihn jetzt küsse. Es wäre so verdammt gut.

»Nichts, passt schon. Mike, tiefer. Lippen ganz nah aneinander. Ihr wisst ja, wie es aussehen muss.«

Oh ja, und wie ich das weiß, und fuck, das ist Folter. Ganz langsam beuge ich mich tiefer, frage mich, ob Leon mitbekommt, wie heftig mein Herz schlägt, und ob das für ihn gerade auch so schlimm ist, dann ... streifen meine Lippen hauchzart über seine und als er jetzt gegen meine Lippen keucht, wenn auch nur ganz, ganz leise, wäre es fast vorbei gewesen.

»Nicht! Du bringst mich um«, hauche ich leise, so dass es hoffentlich nur Leon es hört und - oh Gott, mein Becken hat sich gerade bewegt! Scheiße, das war keine Absicht! Seine Augen werden riesig und er bohrt seine Finger in meine Seiten und drückt mich weg, bevor er mich sofort wieder näher zieht.

»Du musst gerade reden«, haucht er leise, beißt sich auf die Lippen und schließt kurz die Augen. Sein Adamsapfel hüpft, als er schluckt und in mir entsteht der Drang, meine Lippen auf seinen Hals zu drücken. Gott, niemals hätte ich erwartet, dass es so verdammt intensiv sein würde.

»Mike, dein Oberkopf muss noch ein bisschen in meine Richtung. Genau so. Und Leon, kannst du das vordere Bein ein bisschen anheben?« Ich spüre, wie er sich unter mir bewegt, wie sein Bein an meinem Oberschenkel nach oben gleitet und der Druck auf meine Mitte intensiver wird. Unter Garantie wird mein Schwanz da gleich mitmischen, so wies da unten grade kribbelt.

»Sorry«, hauche ich, versuche durchzuatmen, aber das wird auch nichts helfen.

»Wofür«, kommt es genauso leise zurück und bei jedem Wort berühren sich unsere Lippen, machen den dichten Nebel, der sich in meinem Kopf ausbreitet, nur noch undurchdringlicher.

»Weil ... ich wahrscheinlich gleich nen Ständer hab ...«

»Könnt ihr mal die Klappe halten? Ich kann so nicht - Ooooh, Miiiiikeyyyy«, singt Nick plötzlich los. Leon schafft es, seinen Kopf zur Seite zu drehen. Das Gute daran: Ich kriege wieder Luft. Schnell atme ich ein paarmal durch, versuche meinen rasenden Herzschlag zu kontrollieren, dann sehe ich ebenfalls zu Nick, der uns beide angrinst.

»Was!« Ich klinge, als würde ich gerade meine zweihundertste Liegestütze machen.

»Du wolltest doch mal ein Video von Noctis und Prompto beim Küssen. Erinnerst du dich?« Sein Grinsen wird nur breiter und dreckiger, und als mir aufgeht, worauf er hinauswill, wird mir heiß.

Dennoch bewege ich mich nicht und warte, dass er es ausspricht. »Na ja, und ich darf ja nicht mehr, aber Leon würde sich sicher zur Verfügung stellen, oder? War ja nur für dich gedacht, nicht, um es irgendwo zu posten?« Ich nicke langsam, traue mich nicht, nach unten zu sehen, spüre aber Leons bohrenden Blick auf mir. Kurz drücken sich seine Finger tiefer in meine Rippen und ich muss mich räuspern, weil ich einen verdammt großen Frosch im Hals habe, der wahrscheinlich JAAA! schreit, wenn ich jetzt den Mund aufmache. »Also? Wo ist dein Handy? Ah, da, hab´s schon.« Er entsperrt es, kommt näher, den Blick dabei prüfend auf das Display gerichtet. »Okay, kann losgehen!«

Oh Gott. Oh Gott, oh Gott, was soll ich - Gänsehaut rast über meinen gesamten verdammten Körper, als sich plötzlich warme Finger in meinen Nacken schieben. Leon ...

Langsam drehe ich den Kopf und sofort wird mein Blick von seinem eingefangen und ich schwöre, selbst wenn ich es mit aller Macht versuchen würde, komme ich nicht gegen den sanften Druck in meinem Nacken an, kann nicht anders als der Hand zu folgen, die mich langsam tiefer zieht.

Mein Herz überschlägt sich. Ich traue mich nicht, zu atmen, und dann ist es endlich soweit. Leons Lippen fühlen sich so warm an, so weich und nachgiebig, dass ich sofort mehr will, mehr Druck, mehr von diesem aufregenden

Gefühl, das sich in meinem ganzen Körper ausbreitet.

Auch die Hand in meinem Nacken wird fordernder, drückt mich kraftvoller nach unten und ich gebe auf. Ich ergebe mich einfach der überwältigenden Macht dessen, was mich da gerade überrennt, mich gnadenlos mitreißt, genauso wie Leon, dessen andere Hand sich gerade in meine Haare schiebt.

»Fuck«, höre ich es leise von irgendwo her, aber das spielt gar keine Rolle. Gerade sind nur Leons Lippen wichtig, die sich immer wieder verlangend gegen meine pressen. Ich habe absolut keine Kontrolle darüber, dass auch der Rest meines Körpers mitzieht, mein Becken sich in einer sehr bestimmten Bewegung nach unten rollt, wo es fest über seinen Schritt reibt und dann habe ich plötzlich Leons Zunge in meinem Mund und irgendetwas in mir explodiert.

Wir haben uns schon so oft geküsst, so oft habe ich seinen Geschmack schon auf meiner Zunge gehabt, aber das hier ist anders. Das ist das erste Mal, dass wir beide nüchtern sind und gleichzeitig habe ich mich noch nie in meinem Leben so berauscht gefühlt wie jetzt in diesem Moment.

»Leute, Leute, langsam! Mit Zunge sieht auf Videos scheiße aus, macht mal halblang. Ihr fresst euch ja gleich gegenseitig auf!«, reißt Nick uns beide wieder ins Hier und Jetzt zurück. Ich schrecke hoch, bin eigentlich noch lange nicht fertig mit dem hier. Fuck, mein Herz. Leon atmet genauso gehetzt wie ich. Ob seine Lippen auch so pochen wie meine? Scheiße, was tun wir hier? Oder nein, warum hören wir auf!

»Sorry«, bringe ich dann immerhin raus, weiß nicht mal wirklich, wofür ich mich entschuldige.

»Pfff, mir doch egal, ist dein Video.«

»Ja ...« Ich kann nicht wegsehen. Ich kann meinen Blick nicht von Leon lösen, der mit einer Intensität zu mir aufsieht, dass ich mich einfach nicht abwenden kann. Nicht mal dann, wenn ich es wirklich wollte.

»Mann, Mann, Mann, ihr zwei ey ... Schafft ihr noch ein -« Das durchdringende Klingeln seines Handys unterbricht ihn, aber ich habe weiterhin nur Augen für Leon. Wie er da unter mir liegt, die Lippen leicht geöffnet, feucht von den Küssen, die wir eben geteilt haben, genau wie ich immer noch hektisch am Atmen. Einzelne schwarze Strähnen hängen ihm wirr ins Gesicht und er war noch nie so schön wie in diesem Moment. »Das ist Alex, ich bin kurz weg.«

In der nächsten Sekunde fällt bereits eine Tür ins Schloss und ich kann nicht mehr. Es geht einfach nicht!

»Entschuldige«, hauche ich, noch während ich mich jetzt einfach auf ihn fallen lasse. Mein Mund trifft auf seinen und jetzt ist es volle Absicht, dass ich mein Becken fest nach unten gegen seines drücke. Von Leon kommt ein raues Stöhnen, das sich mit meinem vermischt. Er presst sich mir entgegen, wölbt seine Hüfte kraftvoll nach oben und als ich mein zweites Bein hebe, öffnet er automatisch die Schenkel, so dass ich mich komplett dazwischen legen kann.

Hungrig gleiten meine Hände über seinen Körper, ertasten feste Muskeln, sanft hervorstehende Rippenbögen und dann sind sie in seinen Haaren. Widerstandslos lässt er mich seinen Kopf nach hinten ziehen, damit ich an seinen Hals komme. Fest bohren sich meine Zähne in seine empfindliche Haut und ich erzittere unter dem scharfen Keuchen, das er mir dafür schenkt. Ich habe wirklich noch nie etwas Geileres als Leons Stöhnen gehört und wenn mein Schwanz nicht längst hart wäre, wäre er es spätestens jetzt. Hitze ballt sich in meiner Mitte zusammen, bringt mich dazu, mich weiter zu bewegen, den Druck und die Reibung zwischen uns noch zu erhöhen und dann habe ich wieder seine Lippen auf meinen. Oh Gott, wie kann ein Kerl nur so verdammt gut küssen! Fiebrig gleiten meine Hände erneut über seine Haut. Ich will ihn anfassen, alles von ihm, also schiebe ich meine Finger unter den Bund seiner Pants und umfasse seinen viel zu perfekten Hintern. Ein tiefes, zufriedenes Stöhnen brandet gegen meine Lippen, zeigt mir deutlich, dass er das auch will, und ich packe fester zu, drücke mich fester an -

»Ey, was wird das? Wenn ich in diesem Bett keinen Sex habe, dann ihr auch nicht! Schluss jetzt!«

Zu Tode erschrocken, weil ich im ersten Moment überhaupt nicht verstehe, was Nick hier macht, zucke ich zurück und brauche ganze zwei Sekunden, bis ich die Lage erfasst habe. Fuck ...

»Ah ...«, bringe ich raus, was immerhin mehr ist, als Leon schafft, der mich von sich schiebt und nach dem Laken greift, um es sich über den Schritt zu legen. Kann er sich auch sparen. Nick hat längst gesehen, dass wir beide hart sind.

»Ihr solltet da echt was gegen tun, ich mein das vollkommen ernst. Geht endlich vögeln, meine Fresse, aber woanders als in meinem Bett«, sagt er, lacht, und schüttelt den Kopf.

»Halt die Klappe«, brumme ich und rutsche ein bisschen weiter nach hinten aufs Bett. Oh Mann. Das war verdammt geil. Mein Schwanz pocht ziemlich nachdrücklich und ist definitiv der Meinung, dass wir weitermachen sollten.

Vorsichtig sehe ich zu Leon, aber der weicht meinem Blick aus, sieht selbst ein bisschen durch den Wind aus. Ob er ... Also, wenn Nick nicht hier wäre ... Ob er dann wirklich mit mir ...

»Na ja gut. Machen wir weiter! Oder fallt ihr dann wirklich übereinander her?«, triezt Nick uns munter weiter und ich verdrehe einfach nur die Augen. Er ist so ein Idiot.

»Okay ...« Leon sieht mich zwar immer noch nicht an, aber wenn er zustimmt, kann´s ja nicht so schlimm sein.

»Sehr gut. Mike, setz dich mal -«

»Moment noch. Ich muss kurz ...« Damit ist Leon auch schon aufgesprungen und ich beobachte still und höchst amüsiert, dass er erst, als er steht, realisiert, dass so jeder in aller Deutlichkeit sehen kann, dass er immer noch hart ist. Er stockt kurz, sieht zur Decke, überlegt wahrscheinlich, ob es Sinn macht sich das Ding umzuwickeln, aber dann kommt er wohl selbst zu dem Schluss, dass es dafür jetzt definitiv zu spät ist. Hochrot im Gesicht dreht sich um und dann ist er weg. Und Nick, der Blödsack, hat nichts Besseres zu tun als zu lachen!

»Hör auf, das ist nicht witzig«, meckere ich ihn an, obwohl meine Mundwinkel auch verräterisch zucken. Keine Ahnung, ob er aufs Klo muss oder einfach kurz Zeit braucht, um sich zu beruhigen, aber es war einfach echt niedlich, wie verwirrt er eben aussah.

»Ihr zwei, ey. Das ist echt nicht mehr schön. Warum erlöst du ihn nicht einfach und vögelst ihn?«

»Ey, red nicht so über ihn!«

»Ja, aber stimmt doch. Du willst es, er will es, warum tut ihr es nicht einfach? Und komm mir jetzt nicht wieder mit Hannah. Die hat jetzt den zweiten Kerl am Start seit der Trennung. Die wird sich hüten, da den Mund aufzumachen.«

»Das geht nicht so einfach, Mann! Er ist immer noch ihr Ex! Und er hat noch nie mit nem Mann geschlafen. Das geht nicht einfach zwischen Tür und Angel und ich weiß überhaupt nicht, ob er das auch will!«

»Du weißt nicht - sag mal, bist du irgendwie blöd? Warst du nicht dabei, als ihr grade rumgemacht habt? Der will das! Der war genauso scharf wie du und außerdem ...«

»Was außerdem«, frage ich nach, aber er schüttelt nur lächelnd den Kopf. Es ist ein ziemlich gehässiges Lächeln.

»Nein. Nein, echt nicht, das hast du nicht verdient, so wie du dich anstellst.« Was redet der?

»Häh?«

»Vergiss es einfach.« Unwillig schüttle ich den Kopf, nicht bereit, die Diskussion schon abzuschließen bevor, ich meinen Standpunkt klargemacht habe.

»Egal, und außerdem ist da immer noch Chain!«

»Aha ... Der hat dich nicht gestört, als wir Sex hatten.« Warum muss er jedes meiner Argumente platt machen? Ich kann nicht so einfach über Leon herfallen, das geht nicht! Aber ich kann ihn auch nicht fragen, ob er Sex will, weil wie peinlich wäre das denn, wenn er nein sagt? »Ach sei still. Es geht dich sowieso nichts an, was wir tun.«

»Oder was ihr nicht tut?«

Knurrend werfe ich ein Kissen nach ihm.

»Richtig, das auch nicht!«

»Okay, okay, ich bin still. Mach wie du denkst. Ich mische mich nicht ein«, lenkt er zum Glück ein und dann kommt auch schon Leon zurück. Er sieht jetzt wieder genauso unnahbar und cool aus wie vor einer halben Stunde. Bevor meine Hand in seiner Hose war. Woah, ich sollte sowas nicht denken, wenn ich will, dass mein Schwanz da bleibt, wo er ist. Endlich wieder schlaff und entspannt in meiner Unterhose.

»Können wir weitermachen?« Tatsächlich bin ich sogar ein bisschen erstaunt, dass Nick ihm nicht noch irgendeinen blöden Spruch reindrückt, aber umso besser. Leon nickt und kommt wieder näher. Alter, diese Bauchmuskeln ...

Ich weiß, dass meine definierter sind, aber sein Bauch sieht so perfekt aus, dass ich ihn direkt wieder anfassen will.

»Wo soll ich hin?« Auf meinen Schoß.

»Auf Mikes Schoß.« Habe ich das gerade laut gesagt? Bin ich blöd? »Mike, setz dich an den Rand. Wieder bisschen nach hinten. Genau so. Leon, nimm dein T-Shirt und schlüpf mit den Armen rein, dann bitte rittlings auf seinen Schoß, aber bisschen Abstand zum Schritt. So dass du dich zu ihm runterbeugen kannst.« Wozu braucht der jetzt sein Shirt? Er sieht perfekt aus, so wie er ist!

Leon tut brav genau das, was Nick ihm aufgetragen hat, und ich unterdrücke ein sehr zufriedenes Seufzen, als er sich umdreht und mir seinen Hintern präsentiert. Und seinen Rücken.

Fuck, sogar sein Rücken ist perfekt. Ich kann deutlich sehen, wie sich die Muskeln unter seiner hellen Haut bewegen. Hach ...

»Ey«, meckere ich Nick an, der mir leise kichernd mit dem Daumen über den Mundwinkel reibt. Der ist so blöd! Dann dreht Leon sich wieder zu uns um, sein schwarzes Shirt in der Hand, und sieht uns fragend an.

»Nichts, nichts. Mike verliert nur Flüssigkeit. Wir sollten ihm was zu trinken geben, bevor er austrocknet.« Ich trete nach ihm, aber leider reagiert Nick zu schnell und springt gerade noch rechtzeitig zur Seite.

»Halt die Klappe!«

»Ja, ja. Okay, Leon, dann mal auf.« Ich nehme die Hände nach hinten, damit Leon sich setzen kann.

Seine Haut ist so warm. Und jetzt fällt mir auch auf, wie wenig Haare er an den Beinen hat.

»Rasierst du dich?«, kann ich es nicht lassen zu fragen und streiche zur Verdeutlichung über seine Oberschenkel. Gott, fühlt sich das gut an.

»Nein. Ich habe da nicht so viele Haare.« Tatsächlich. Jetzt, da ich genauer hinsehe, entdecke ich immer mehr der kleinen, feinen Härchen, aber die halten sich wirklich in Grenzen.

»Ah, cool, ich dachte schon.«

»Hn.«

»Habt ihrs dann?« Ich muss Nick nicht ansehen, um zu wissen, dass er sich schon wieder über uns amüsiert, der blöde Kerl.

»Ja, Mann! Was soll ich machen?«

»Du erst mal gar nichts. Leon, dein Shirt muss nach oben bis zu den Unterarmen. So, als wärst du grade dabei es auszuziehen ... Ja, genau so. Und jetzt beug dich zu Mike, als würdet ihr euch küssen.

Mike, du kannst deine Hände hinlegen, wo du willst.«

Ich nicke und dann ... Alter, diese perfekte, ebenmäßige Haut. Und ich habe seine Nippel direkt vor der Nase. Sie sind ganz klein und fest zusammengezogen und ich glaube nicht, dass das von der nicht vorhandenen Kälte kommt. Ob ich mal ...

»Lass bloß deine Zunge in deinem Mund!«

»Ich mach gar nichts!«

»Aber du wolltest! Mund offen ist okay, aber pack den Lappen weg.« Nick ist so ein Wichser.

Ich schnaube genervt, sehe kurz hoch zu Leon und kann nicht glauben, was ich in seinem Gesicht finde: ein amüsiertes Lächeln! Na warte.

»Wusstest du eigentlich, dass Noctis kitzelig ist?«, frage ich, beobachte, wie seine Mundwinkel nach unten fallen, aber da ist es schon zu spät. Seine Arme stecken immer noch in seinem Shirt und so kann er gar nichts machen, als ich anfange, ihn zu kitzeln. Ich wusste nicht, ob er tatsächlich empfindlich ist, aber als er anfängt zu zappeln und sich auf meinen Schoß zu winden, lege ich erst richtig los.

»Nein, nein, nein, hör auf! Mike! Hör bitte - hahaha, bitte, nicht!«, gackert er, aber jetzt schon aufhören wäre doch viel zu langweilig, also mache ich weiter, während Nick uns dabei fotografiert. Er ist so ein Arsch, manchmal.

Erst als Leon anfängt, ziemlich gequält nach Luft zu schnappen, höre ich auf. In seiner Verzweiflung hat er sich sogar gegen mich geworfen aber damit nur erreicht, dass ich uns gedreht habe und ihn dann noch effektiver durchkitzeln konnte. Jetzt liegt er japsend unter mir, die Haare wieder vollkommen wirr, die Wangen hochrot und ich kann einfach nicht anders, als mich zu ihm runter zu beugen und ihm einen kleinen, verspielten Kuss auf die Nasenspitze zu drücken. Seine Atmung geht total gehetzt und seine Augen sind riesig.

»Was ...«

»Das war typisch Mike. Gewöhn dich dran, der ist bescheuert«, kommt die Erklärung von Nick und tatsächlich kann ich ihm da nicht mal böse sein, denn er hat nicht Unrecht. »Du hast noch Glück, dass er dich nicht abgeleckt hat.«

»Kommt alles noch!«, verspreche ich grinsend und lache los, als Leon angewidert das Gesicht verzieht. Hach ja, es macht so Spaß, ihn zu ärgern, ich hatte ja keine Ahnung!

»So, jetzt aber zurück zum Wesentlichen.« Nick ist so ein Spielverderber.

***

Es ist Dienstagnachmittag und ich hasse mich gerade sehr für die zweite Portion Chili, die ich mir heute in der Mensa gegönnt habe. Ich konnte da ja nicht ahnen, dass Tim mich direkt um zwei und nicht wie abgemacht erst um drei ins Fitnessstudio zerrt! Ich war noch nicht bereit und mein Körper rächt sich gerade, als ich wankend vom Laufband steige. Mir ist schlecht.

Aaaber! Ich habe, während ich laufen war, von Nick die

ersten Bilder vom Shooting am Samstag bekommen! Das macht es schon fast wieder erträglich!

»Alter, kotzt du?«, fragt Tim, der gerade von dem Laufband neben meinem steigt. Der braucht gar nicht so überheblich grinsen, der hatte keine zwei Portionen zu Mittag. Sonst hab nämlich ich die bessere Kondition von uns und das weiß der Sack auch.

»Ne, aber warte kurz, ich muss schnell was gucken«, brumme ich, packe meine Kopfhörer weg und öffne Nicks und meinen Chat. Vier Bilder hat er geschickt, zwei von mir und ihm und zwei mit Leon. »Scheiße ...«, entfährt es mir.

»Was ist?« Statt zu antworten, drehe ich einfach mein Handy so, dass er mit draufgucken kann.

Erst zeige ich ihm die mit Nick, dann die mit Leon.

»Woah, krass.«

»Ja ...« Andächtig glotze ich auf die Fotos und genieße das sanfte Kribbeln in meiner Mitte. Fuck ey, die sind so scheiße geil geworden! Genau das schreibe ich Nick und schicke noch eine Ladung Herzchen mit.

»Sag mal ... Zwischen dir und Leon brennt echt die Luft.«

»Ahm ...« Sofort merke ich, wie mir die Hitze in die Wangen steigt. »Findest du?«

»Ja.«

»Ja dann ... Keine Ahnung? Schon möglich?«

»Nicht möglich, das ist Fakt. Ihr seht aus, als würdet ihr gleich übereinander herfallen.« Jetzt fängt der auch noch an.

»Ach was, das war nur für die Bilder.« Okay, das ist

gelogen. Denn auch nach meiner Kitzelaktion blieb die Stimmung ziemlich merkwürdig. Es war echt schlimm, ihm so verdammt nah zu sein, ihn auf Ansage anzufassen, meine Lippen auf verschiedene Partien seines Körpers zu drücken, ohne wirklich aktiv werden zu dürfen, und als Leon um halb sechs dann gegangen ist, standen wir an der Tür, während Nick Fertigpizza in den Ofen geschoben hat, und wussten nicht so richtig, wie wir uns verabschieden sollten. Ich muss gestehen, ich hätte ihn gerne nochmal geküsst. Aber die Situation war so angespannt und krampfig, dass ich mich am Ende doch nicht getraut habe und schlussendlich ist es auf eine sehr steife Umarmung hinausgelaufen.

»Wir schreiben«, hab ich gesagt, er hat genickt und dann war er weg und ich hätte mich treten können, weil ich mich so angestellt habe.

Mit Nick hatte ich das Problem nie. Wir hatten Sex, haben gekuschelt, geknutscht, wenn uns danach war, und ständig gab es kleine Küsschen, die einfach nur schön waren und uns gegenseitig bestätigt haben, wie gut wir uns tun. Mit Leon ist das komplett anders. Ein Blick von ihm reicht und ich fühle mich direkt unsicher, weiß nicht mehr, wie ich mich verhalten soll, obwohl ich eigentlich ziemlich genau weiß, was ich tun möchte. Es ist wie ein Tanz, bei dem ich die Schrittfolge nicht kenne und das Gefühl habe, dass ich ihm ständig auf die Füße trete. Es ist frustrierend. Aber weg von ihm komme ich auch nicht. Er ist halt leider einfach scheiße geil und irgendwie findet er ja wohl auch gut, was wir so tun. Auch wenn ich ein bisschen die Vermutung habe, dass er gerade einfach nur testen will, wie es ist, mit einem Mann intim zu werden, nachdem er sich das die letzten Jahre verboten hatte. Und ich bin halt gerade da. Bietet sich ja an. Vor allem, weil ich ja auch nicht mehr will als ein bisschen Spaß.

Chain ... Ach Mann.

»Erde an Mike? Träumst du?«

»Was?« Verirrt sehe ich Tim an. Ups, irgendwann hab ich wohl nicht mehr zugehört.

»Nichts. Ohne Worte, ey.«

»Was denn? Sorry, ich musste grade an was Anderes denken! Was ist denn?«

»Naaah, passt schon. Aber mal ganz blöd gefragt: Hattet ihr jetzt schon mal Sex? Also, du und Leon.«

»Nein! Wann denn?« Ich verstehe überhaupt nicht, warum ich gerade rot werde. Da ist doch nichts dabei. Selbst wenn wir schon Sex gehabt hätten.

»Keine Ahnung, ihr trefft euch ja auch alleine. Hätte ja sein können?«

Ich schnaube abwehrend.

»Ey, das war einmal. Und da waren wir nur essen und reden und das war´s. Danach bin ich heim und hatte ziemlich geilen Sex mit Chain.« Was soll mir dieser Blick jetzt sagen?

»Aha. Und Sex übers Internet ist so viel besser als realer Sex mit jemandem, den du wenigstens kennst?«

»Ich kenne Chain auch«, halte ich dagegen, auch wenn ich schon weiß, was er meint, aber ich bin zufrieden, wie es ist. Also nein, eigentlich nicht, aber was für eine Wahl habe ich denn?

»Hmhm, hast du ein Bild? Wie sieht er denn aus«,

kann er es natürlich nicht lassen mich weiter zu nerven. Was soll das denn?

»Und wie ist das bei dir und Fiona? Hattet ihr schon Sex? Welche Stellung mag sie denn am liebsten, hm?«

»Huh? Um mich geht´s doch gerade gar nicht und außerdem -«

»Geht mich das auch gar nichts an?«, falle ich ihm schnaubend ins Wort. »Richtig. Genauso wie es dich umgekehrt auch nichts angeht.«

»Okay, sorry. Ich versteh dich ja, aber wie lange willst du noch auf der Ersatzbank hocken und warten, dass du endlich drankommst?«

»Ich ... Keine Ahnung. Ich weiß es nicht okay? Und das ist auch meine Sache. Er ist mir halt wichtig und ich finde, dass es nicht an dir ist, mir das schlecht zu reden«, fange ich an zu meckern, weil mir das Gespräch langsam echt auf den Sack geht. Was soll das denn? Es ist doch meine Sache, was ich mit wem tue oder auch nicht.

Gerade will ich mein Handy wegpacken, da kommt eine Nachricht von Hannah. Ganz viele Herzchen und ein ›Hab dich lieb!‹ Da, immerhin die ist lieb zu mir!

Ich antworte schnell, dann stecke ich das Ding endgültig weg. Tim sieht mich nur nochmal an, schüttelt dann den Kopf und geht los in Richtung der Geräte. Ich folge ihm.

»Wie geht´s eigentlich Fiona?«, wechsle ich das Thema und zum Glück lässt er sich drauf ein.

»Ganz gut soweit. Sie ist ziemlich nervös wegen der Party und steckt jetzt schon mitten in den Vorbereitungen.«

»Awww, die Arme. Wenn sie Hilfe braucht, Donnerstag

und Freitagabend muss ich nicht arbeiten, da könnte ich vorbeikommen«, biete ich an. Tim setzt sich auf die Beinpresse und stellt die Gewichte ein.

»Okay, ich geb´s ihr weiter, danke.« Da fällt mir bei der Gelegenheit noch etwas Anderes ein. Hatte er mir nicht erzählt, dass der Bruder seines Schwiegervaters in Spee einen Wurf Hundebabies und Tim eines davon angeboten hat? Und dass es da eine riesige Diskussion mit seinen Eltern gab, die eigentlich keinen Hund im Haus haben wollten?

»Was kam jetzt eigentlich bei der Hundesache raus bei ihrem Onkel? Bekommst du den Welpen?« Sofort fangen Tims Augen an zu leuchten. Ich weiß, dass ein Hund schon immer sein größter Wunsch war. Er ist so vernarrt in die Tiere, dass es schon fast ungesund ist. Einmal wäre er fast gebissen worden, als er wie ein Bekloppter auf einen fremden Hund zu gerannt ist, der offenbar ziemlich schlechte Laune hatte. Ging zum Glück gut aus, aber schlauer ist er dadurch nicht geworden.

»Ja! Ja, Mann, ich kann es immer noch nicht fassen. Endlich bekomme ich einen Hund«, freut er sich und dann redet er die nächsten zwei Stunden gefühlt über nichts anderes mehr als über den süßen kleinen Hund, der in etwa drei Wochen endlich ihm gehören wird.

Irgendwann gegen fünf, fix und fertig vom Training, aber mega entspannt, hocke ich schließlich in der Bahn und bin auf dem Weg nach Hause. Leon hat mir am Nachmittag irgendwann geschrieben und jetzt komme ich auch mal zum Antworten.

›War mit Tim im Fitnessstudio, sorry. Aber hab die

ersten Bilder von Nick, hast du die schon?‹, tippe ich, wechsle dann den Chat und öffne den von Chain und mir. Ich will ihm schreiben. Aber ich weiß nicht, was. Ich bin nicht sicher, ob ich ihm von dem Shooting erzählen soll. Ich könnte ihm zumindest die Bilder von Nick und mir zeigen. Solche hat er ja schon gesehen. Hm ...

›Hey‹, fange ich einfach mal an und schicke ab. Vielleicht hat er nachher ja Lust auf RPG?

›Nein, noch nicht‹, kommt es jetzt erst mal von Leon und ich presse unzufrieden die Lippen aufeinander. Warum fragt er nicht danach? Will er sie gar nicht sehen?

›Ah, okay‹, spiele ich das Spiel halb beleidigt jetzt einfach mal mit.

›Sind sie gut?‹ Ahh, okay, komplett desinteressiert ist er dann ja doch nicht und sofort muss ich wieder grinsen.

›Scheiße ja! Die sind mega gut geworden‹, freue ich mich, hätte jetzt fast verplant aus der Bahn zu steigen, ich Held.

›Das ist gut.‹ Wow. Als würde er sich was abbrechen danach zu fragen, ob ich sie ihm schicke. Er ist so ein Depp, echt mal.

›Willst du sie sehen?‹

Von Chain gibt´s leider noch keine Antwort. Dafür klappt jetzt eine Nachricht von Hannah ins Display und als ich sie sehe, wird mir schlagartig heiß und ziemlich mulmig.

›Ich wusste gar nicht, dass du mit Leon auch ›solche‹ Bilder gemacht hast.‹ Gleichzeitig fängt mein Handy an zu klingeln. Nick. Oh Gott ... Ich ahne Schreckliches.

»... Ja?«, gehe ich ran, versuche mir einzureden, dass das

flaue Gefühl in meinem Magen nur vom Hunger kommt.

»Oh Gott, es tut mir so leid!«, jault er mir ins Ohr und mir wird noch ein bisschen schlechter.

»Und was genau?«, frage ich vorsichtig nach, obwohl ich bereits eine ungefähre Vorstellung habe. Das wird hässlich.

»Es war ein Unfall, ich schwöre! Das war keine Absicht! Ich wollte das wirklich nicht!«

»Ist Hannah gerade in der Firma«, frage ich vorsichtig und höre ihn leise schlucken.

»Ja ...« Seine Stimme ist mehr so ein unglückliches, leises Fiepen. Scheiße, verdammt.

»Sie hat die Bilder gesehen«, stelle ich trocken fest und eigentlich muss er es gar nicht mehr bestätigen. Ich bin ja nicht blöd.

»Ja ... Es war echt keine Absicht. Ich habe die heute in der Mittagspause bearbeitet und hatte noch das letzte Bild von Leon und dir offen. Das, wo er auf deinem Schoß sitzt und sie kam gerade vor zwei Minuten, weil sie was von mir gebraucht hat und ich hab einfach auf das falsche Fenster geklickt und dann ... Es tut mir echt so leid«, jammert er weiter und in meinem Kopf überschlagen sich die Gedanken.

»Wie hat sie denn reagiert?«, frage ich vorsichtig. Vielleicht ist das ja ein Anhaltspunkt, wie ich die Sache am besten angehe? Ich muss ihr ja auch immer noch antworten.

»Na ja, gesagt hat sie nichts. Aber sie sah jetzt auch nicht gerade begeistert aus.«

»Hm ...« Auf der Arbeit wird sie keinen Aufstand machen. Vor allem, weil Nick ja auch nichts dafür kann. Ach Kacke, ey ...

»Es tut mir echt so leid«, jammert er erneut und ich

seufze.

»Na, mal sehen, was sie sagt. Sie hat mir auch eben geschrieben. Ich meld mich, wenn ich mehr weiß.«

»Mach das. Sorry.«

»Bis dann.« Ich kriege es nicht mal fertig, irgendwie aufbauend zu klingen, weil der Knoten in meinem Magen echt ekelhaft drückt und zieht und mir weismachen will, dass es das jetzt war mit unserer Freundschaft. Mit zitternden Fingern lege ich auf und gehe in Hannahs Chat. Leon hat geschrieben, aber der muss jetzt warten.

›Ja, ich war nicht sicher, ob ich es dir sagen soll, weil ich dir nicht wehtun wollte‹, tippe ich, hole tief Luft und schicke ab. Oh bitte ... Ich kann nicht nochmal wochenlang mit ihr streiten, das halte ich nicht aus!

›Und du meinst, es jetzt so zu erfahren, tut mir nicht weh?‹ Aaarrrggghhhh!!!!

›Na ja, du solltest es ja gar nicht wissen. Es war auch ne recht spontane Aktion. Tut mir leid.‹

›Was genau?‹ Warum quält sie mich so?

›Dass ich die Bilder gemacht habe.‹

›Ach Mike, das muss dir nicht leidtun. Ganz ehrlich, wo ist der Unterschied, wenn ihr rumknutscht, oder Bilder macht, auf denen ihr nur so tut? (Auch wenn ihr echt so ausseht, als würdet ihr euch gleich auffressen Oo)‹ Eh ... Wie erstarrt sehe ich auf den Text, bin sogar stehen geblieben. Ist das ihr Ernst? Das geht klar für sie?

›Dann bist du nicht sauer? D:‹

›Doch, ich hätte das gerne vorher gewusst, einfach weil! Ein bisschen komisch ist es auch, ihn mit dir zu sehen, vor allem auf DIESE Art. Aber ich weiß, dass ich kein Recht habe, mich zu beschweren oder euch irgendwas zu verbieten. Ich will einfach nur, dass du ehrlich zu mir bist. So wie immer halt <3‹

Mein Herz rast. Ich kann nicht glauben, was ich da lese. Hannah ist mir nicht böse. Also, schon ein bisschen, aber nicht wegen Leon.

Mir fällt ein riesiger Stein vom Herzen und ich nehme ihr jetzt einfach eine Sprachnachricht auf, weil meine Finger zum Tippen zu sehr zittern.

»Oh Gott, Hannah! Du machst mich fertig! Danke, danke, danke! Mir war gerade echt schlecht. Ich verstehe ja, dass es für dich nicht schön ist, das zu sehen, darum ... hab ich nichts gesagt. Das tut mir echt leid, aber ich wusste halt auch nicht, wie viele Infos du dazu haben willst und was dann zu viel ist und ja ... Ich liebe dich, kein Scheiß. Du bist die beste Freundin, die es gibt, und ich verspreche, ab jetzt gibt´s nur noch die Wahrheit und ich erzähle dir alles, so wie immer! Danke! Echt jetzt!« Abgeschickt Oh Mann. Mein Magen, ey. So viel Aufregung. Ich glaub, ich muss aufs Klo. Zum Glück habe ich´s nicht mehr weit bis nach Hause. Ach ja, Nick!

›Alles in Ordnung, haben es geklärt! *__*‹

Die Antwort kommt fast sofort.

›Oh Gott zum Glück! Sorry nochmal ...‹

›Ist okay, alles halb so wild x3‹

›Da bin ich echt froh! Ich tu mal noch bisschen was, damit sich die Überstunden hier auch gerechtfertigt sind.‹

›Kk, bis morgen! XD‹

›Jo, bis morgen x3‹

Okay ... das hätten wir. Ah, Leon!

›Schickst du sie mir jetzt oder nicht?‹ Prompt muss ich grinsen. Er ist echt so ein Idiot. Erst kriegt er´s nicht geschissen und dann mault er mich auch noch an.

›Jo, Sekunde! XP‹ Schnell wähle ich unsere beiden Bilder an und drücke auf Senden – nicht ohne sie nochmal in meiner Galerie zu öffnen und sehr zufrieden anzuglotzen. Von Leon kommt nichts mehr. Ich bringe erst mal den restlichen Heimweg hinter mich. Ich komme daheim an und habe immer noch keine Antwort von ihm.

›Gefallen sie dir nicht?‹, frage ich, als ich in meinem Zimmer stehe und immer noch keine Antwort von ihm habe.

›Doch.‹

›Aber?‹

›Nichts.‹

›XD‹ Was stimmt nicht mit dem? ›Welches gefällt dir besser?‹

›Das zweite.‹ Ooh, das, bei dem ich auf ihm liege. Das mag ich auch. Vielleicht sogar wirklich ein bisschen mehr als das andere, weil ich mich verdammt gut erinnern kann, wie es sich angefühlt hat, ihn unter mir zu haben. Hrmmm ...

›Mir auch x3. Bin gespannt wie die nächsten aussehen!‹

›Hm, kannst sie mir dann ja auch schicken.‹

›Mache ich. Ich bin mal duschen.‹ Ich war nämlich im Fitnessstudio nicht. Tim findet öffentliche Duschen voll ekelig und ich bin da auch nicht so der Fan von. Einmal Fußpilz in meinem Leben reicht mir, also gehe ich grundsätzlich zu Hause duschen. Auch wenn es immer ein bisschen widerlich ist, verschwitzt in meine Klamotten zu steigen. Aber besser das als die Alternative.

›Okay, schwimm nicht zu weit raus.‹

›XDDD Hör auf, Witze zu machen, sonst denke ich noch, jemand hat dein Handy geklaut! XP‹

›:)‹

Kurz bevor ich das Zimmer verlasse, fällt mir ein, dass ich ihm das mit Hannah ja auch noch sagen könnte.

›Ach übrigens, Hannah hat versehentlich eines unserer Fotos gesehen. Und hat voll cool reagiert! Sie war nicht mal böse, dass wir zusammen geshootet haben, ich bin so hardcore erleichtert, ey!‹ Dann lege ich das Handy weg und gehe erst mal duschen.

***

Als ich am nächsten Morgen aus meinem Bus steige, entdecke ich direkt Hannah, die breit grinsend am Eingang zum Unigelände steht und aufgeregt von einem Bein auf das andere hüpft. Okay …?

»Morgen Schönheit!«, begrüße ich sie und lasse mich fest in den Arm nehmen, genieße die Herzlichkeit, mit der sie mich drückt, und bin jetzt erst wirklich sicher, dass sie nicht sauer ist wegen der Bilder mit Leon.

»Morgen!«, quietscht sie mir ins Ohr und ich lache, hebe sie kurz hoch und drehe uns einmal im Kreis. Fuck, ich bin so glücklich gerade.

»Was strahlst du denn so? Hab ich was verpasst?«, will ich wissen.

»Oh Gott, Mike! Gestern Abend! Im Büro!«, fängt sie an und ich nicke auffordernd.

»Was war gestern Abend im Büro?«

»Ich war länger da, weil Thorsten und ich noch in die Bar gegenüber gehen wollten, nach Feierabend, und dann, als außer uns keiner mehr im Büro war ...« Sie wird zum Ende schon immer leiser und bricht dann ganz ab, sieht beschämt zur Seite, kann aber nicht aufhören zu grinsen.

»Hattet ihr Sex?«, frage ich erstaunt, denn damit hätte ich nicht gerechnet. Nicht jetzt schon.

»Nein, aber oh mein Gott! Mike, der Mann macht mich fertig!«

»Was habt ihr denn dann gemacht?«

»Wir ... Er hat mich auf seinen Schreibtisch gesetzt, mir die Hose und Unterwäsche ausgezogen und dann ... Oh Gott ...« Quietschend drückt sie im Gehen ihr Gesicht an meine Schulter und ich lache amüsiert.

»Auf seinem Schreibtisch? Dein Ernst?«

»Ja! Seine Zunge! Ich -«

»Also, sooo genau muss ich das gar nicht wissen. Aber ist doch toll? Also, dass er weiß, was er machen muss.« Ich freue mich echt total für sie, dass es so gut zwischen den beiden läuft.

»Gott, ja. So gut ...«

»Aber ich dachte, Leon hat das auch gemacht?« Ich kann nämlich noch erinnern, dass sie mir davon mal erzählt hat.

»Ja, schon, aber sehr selten und ich war nie sicher, ob er das auch will oder nur macht, weil er lieb sein will. Auf jeden Fall war das gestern einfach der Hammer!«, freut sie sich und ich grinse zufrieden mit. Ich kann mir eigentlich nicht vorstellen, dass irgendetwas, das mit Leons Zunge im Zusammenhang steht, nicht absolut phänomenal ist, aber dazu äußere ich mich besser nicht laut. Ich muss es ja nicht provozieren.

»Echt voll gut! Und Sex gibt´s dann am Wochenende in Vegas?« Anzüglich wackle ich mit den Augenbrauen und bringe sie direkt wieder zum Kichern.

»Ich denke schon. Ich bin ein bisschen nervös. Er ist so viel erfahrener als ich.«

»Und? Ist doch egal?«

»Na, ich weiß nicht ...« Langsam schlendern wir über den großen Hof zum Eingang. Als wir fast dort sind, biegt plötzlich Leon um die Ecke und läuft fast in uns rein, hätte ich nicht gerade noch abgebremst. Verwirrt sieht er erst mich an, dann Hannah und ich weiß auch nicht wirklich, was ich jetzt machen soll.

»Guten Morgen«, grüßt sie ihn, halbwegs freundlich, wenn auch nicht lächelnd. Und er macht es auch nicht besser mit seinem Gesicht wie sieben Tage Regenwetter. Oh Mann ...

»Morgen«, brummt er aber immerhin zurück.

»Guten Morgen!«, steuere ich noch meinen Part bei und dann ... Ja. Ganz toll.

»Dein erster Kurs ist heute früh«, versucht Hannah die sehr angespannte Atmosphäre zwischen uns zu brechen. Gott, ist das merkwürdig.

»Ja.« Und Leon hilft nach Kräften sie aufrecht zu erhalten.

»Ja, er hat sich für einen neuen Kurs eingeschrieben«, erkläre ich hilfreich und Hannah nickt. Und wieder sagt keiner etwas.

»Also ... Wir gehen gleich noch frühstücken«, setze ich an, bis mir einfällt, dass ich ihn ja jetzt schlecht einfach fragen kann, ob er mitwill. Zumindest nicht ohne Hannahs Einverständnis. Ach fuck, ich hab keine Ahnung, was sie denkt, aber mit Sicherheit nichts Gutes.

»Okay.«

»Also dann ...« Hannah hebt kurz grüßend die Hand, dann zieht sie mich am Arm weiter. Wie schräg war das denn jetzt? Ich drehe mich kurz zu Leon um und begegne seinem Blick.

»Sorry«, forme ich lautlos mit den Lippen, aber er reagiert gar nicht. Steht nur reglos da und sieht uns nach.

Wir flüchten uns in die Mensa. »Das war äußerst merkwürdig und unangenehm«, brumme ich.

»Ja ... Tut mir auch echt leid, ich war da jetzt absolut nicht drauf vorbereitet.«

»Ich auch nicht.«

»Und er wahrscheinlich auch nicht.«

»Nein.«

»Na ja.«

»Hmhm.« Super, jetzt ist die Stimmung komplett im Arsch. Und nun vibriert auch noch mein Handy in meiner Hose.

Ich wette, das ist Leon. Nick schläft um diese Zeit noch und Tim ... Keine Ahnung, ich bin einfach sicher, dass es Leon ist. Nachsehen kann ich aber erst, als ich im Hörsaal bin - ohne Hannah. Diesen Kurs haben wir nicht zusammen.

Und ich hatte recht. Ein bisschen nervös bin ich ja

schon, als ich seine Nachricht öffne.

›Triff mich um halb drei im dritten Stock bei Zimmer 315.‹

Öh ... Was wird das denn jetzt? Ich dachte ...

›Was gibt´s denn?‹, frage ich nach, bekomme aber keine wirklich zufriedenstellende Antwort.

›Komm einfach da hin!‹

›Okay! Oo‹ Jetzt bin ich verwirrt. Und diese Verwirrung lässt mich den gesamten Tag nicht mehr los, weil ich mich in jeder freien Sekunde frage, was Leon von mir wollen könnte, das er mir nicht schreiben kann. Oder nicht nach den Vorlesungen auf dem Heimweg sagen kann. Natürlich vergeht die Zeit gefühlt überhaupt nicht, so wie immer, wenn man auf etwas wartet. Im Laufe des Vormittags bekomme ich noch zwei Bilder von Nick. Auch diesmal eines mit ihm und eines mit Leon.

Letzteres leite ich direkt an Leon weiter, aber seine einzige Reaktion ist ein schlichtes ›Danke.‹

Ist er sauer? Wenn ja, warum? Ich habe ja gar nichts gemacht? Vor allem seit gestern Abend nicht, und da haben wir doch noch ganz normal geschrieben. Ich verstehe ihn nicht. Echt nicht.

Dementsprechend nervös bin ich dann auch, als ich um kurz vor halb drei im vereinbarten Flur stehe. Zimmer 315 ist übrigens ein Abstellraum und auch wenn ich echt angespannt bin, muss ich an das RPG mit Chain denken. Hach ja, gegen Sex mit Leon in der Abstellkammer hätte ich jetzt absolut nichts. Und das sind auch weiter die Gedanken, die mir durch den Kopf gehen, bis ich schließlich Schritte hinter mir höre.

»Hey, da bist du -«

Ich drehe mich um und mir bleibt jedes weitere Wort im Hals stecken. Mit großen Schritten steuert er auf mich zu und wird nicht wirklich langsamer, je näher er kommt. Er sieht aus, als hätte er eine Entscheidung getroffen, die er jetzt umsetzen will, und dann schüttelt er seine Umhängetasche von der Schulter, lässt sie einfach fallen und ich schlucke, mache angespannt einen Schritt nach hinten, bereit mich zu verteidigen, sollte er mich, warum auch immer, gleich angreifen, aber mit dem, was er als Nächstes tut, hätte ich nie im Leben gerechnet. »Leon, was -«

Weiter komme ich nicht, da hat er schon den Kragen meines Hemdes gepackt, mich zu sich gezogen und dann küsst er mich. Was zur Hölle ... Es stört ihn kein Stück, dass ich im ersten Moment gar nicht weiß wie mir geschieht. Bestimmt drängt er mich zur Seite, seine Lippen immer noch fest auf meinen und erst, als mein Fuß gegen etwas stößt, das mit einem lauten Scheppern umfällt, wird mir klar, dass wir in der Abstellkammer stehen, die, warum auch immer, unverschlossen ist. Oh Gott! Oh ... Mein Gott!

Leon hat - Er will ... »Scheiße«, seufze ich gegen seine Lippen, während mein Herz anfängt, wie bescheuert zu rasen. Er keucht leise gegen meine Lippen, als ich den Kuss jetzt endlich erwidere. Das ist ein Traum. Das kann nur ein total verrückter Traum sein. Aber ist mir egal, solange ich nur gleich Sex mit Leon in der Scheiß-Abstellkammer habe!

Seine Finger wandern über meinen Oberkörper, schlüpfen dann unter mein Oberteil. Hitze breitet sich aus. Das fühlt sich gerade viel zu gut an und auch wenn ich echt keine Ahnung habe, was gerade in Leon gefahren ist, kann ich es einfach nicht weniger geil finden.

»Hnn, was -«, japst er atemlos, als ich jetzt die Initiative ergreife. Passiv zu bleiben ist nicht so mein Ding, also schiebe ich die Tür, die bis eben noch offen war, mit dem Fuß zu und drücke ihn mit dem Rücken dagegen, weil ich mich so besser an ihn lehnen kann. Gierig gleiten meine Finger über seine Seiten, bohren sich über den Klamotten in die weiche Haut, von der ich genau weiß, wie sie sich anfühlt, und die ich unbedingt wieder spüren möchte.

»Fass mich an!«, keucht er, und mir würde nicht im Traum einfallen, ihm nicht zu gehorchen. Seine Finger krallen sich in mein Hemd, zerren daran herum und ich löse den Kuss, ganz kurz, um es mir über den Kopf zu ziehen. Fuck, sein Blick, wie er mich mustert und dann - hat er sich gerade ernsthaft über die Lippen geleckt?

»Scheiße, Leon, du bringst mich echt um«, keuche ich, werfe mich gegen ihn und er kommt mir entgegen, unsere Lippen treffen aufeinander und entfesseln ein richtiges Feuerwerk in meiner Mitte. Fordernd drückt er sein Becken gegen mich, er ist hart, genau wie ich, und ich zögere nicht, schiebe meine Hand zwischen uns und lege sie über den festen Stoff seiner Jeans, genau auf die große Beule, und drücke zu.

»Nnnaaah!« Sein Stöhnen zieht direkt in meinen Schritt und in der nächsten Sekunde ist seine Hose offen und meine Hand in seiner Unterwäsche. Er sackt nach unten weg, als ich zielgerichtet seinen harten, pochenden Schwanz umfasse und, oh Gott, ich habe Leons Penis in der

Hand! Mit einer Hand halte ich Leon aufrecht, registriere, dass er auf meine Küsse gerade gar nicht mehr reagieren kann, weil er einfach nur in meinem Griff hängt und sich auf meine Hand konzentriert, die mit festen Bewegungen seinen Schwanz massiert. »Mike«, japst er, während mein Daumen fordernd über seine Eichel reibt. Es wird feucht unter meinen Fingern und ich werde nur noch schärfer auf ihn, fuck! Ich will ...

Bevor ich den Gedanken zu Ende denken kann, zerre ich schon mit der freien Hand seine Hose nach unten, die Unterwäsche nehme ich direkt mit, und dann fasse ich ihn endlich richtig an, diesen wundervollen, viel zu perfekten Arsch, und vergehe fast bei den Geräuschen, die Leon dabei von sich gibt. Zielsicher finden meine Finger den Weg zwischen seine Pobacken, wissen ganz genau, wohin sie müssen, und allein seine Reaktion, als ich am Ziel bin, lässt nun mir die Knie weich werden. Das tiefe, dunkle Stöhnen, als meine Finger über seinen Muskelring streichen, bringt mich beinahe um den Verstand, aber gerade noch so reiße ich mich am Riemen.

»Naaah, fuck!«, knurre ich, weil mir gerade wieder eingefallen ist, dass ich das eigentlich echt nicht bringen kann. Das hier wäre sein erstes Mal. Unser erstes Mal. Ich kann ihn nicht bei seinem ersten Mal mit einem Mann in ′ner verdammten Abstellkammer vögeln, das geht nicht. Und Gleitgel haben wir auch keines da, geschweige denn Gummis. Verdammter Mist!

Dennoch höre ich nicht auf seinen Schwanz zu massieren, lausche zufrieden auf sein ungehemmtes Stöhnen - und verdammt, das klingt einfach echt viel zu geil - und dann treffe ich einen Entschluss, küsse ihn fest auf den Mund und lasse mich vor ihm auf die Knie sinken. Wollen wir doch mal sehen, wie er zu deep throat steht.

»Mike, was -«

»Schhh, warte«, brumme ich, dann beuge ich mich nach vorne und schließe meine Lippen um seinen harten Penis, packe ihn mit einer Hand fest an der Wurzel, drücke mit der anderen sein Becken gegen die Tür. Dann lasse ich ihn komplett in meine Mundhöhle gleiten, fange an, hart an ihm zu saugen, und wenn ich dachte, dass sein Stöhnen eben schon laut und hemmungslos war, habe ich für die Geräusche, die jetzt aus seinem Mund kommen, keine Bezeichnung mehr. Fuck, ich will ... Ich muss mehr davon hören! Viel mehr!

Mein Kopf bewegt sich automatisch, gleitet vor und zurück, entlockt ihm immer mehr dieser unsagbar geilen Töne. Ich will, dass er kommt! Ich will, dass er -

»Haaah, Mike, ich – gleich ...« Seine Finger krallen sich in meine Haare, zerren mich näher und ich folge widerstandslos, sauge hart an ihm, während meine Nase immer wieder gegen seinen Unterleib stößt. Sein Schwanz zuckt, sein herber Geschmack breitet sich auf meiner Zunge aus, wird immer intensiver. Gut so. Ich spüre, wie er vor mir erzittert, höre das jetzt deutlich höhere, aber gleichzeitig zutiefst erleichterte Stöhnen, dann habe ich seinen Geschmack auf meiner Zunge, als er in kurzen, harten Schüben in meinem Mund kommt. Zufrieden lausche ich auf seinen gehetzten Atem, ziehe dann langsam den Kopf zurück und schlucke. Diesmal hat er keine Sauerei in seiner Hose. Langsam stehe ich wieder auf und mustere ihn.

Er sieht wirklich hinreißend aus, wie er dasteht, die Hose unordentlich um seine Knöchel, mit zitternden Knien. Seine Haare kleben ihm im Gesicht und sein Blick ... Scheiße. »Komm her«, verlangt er, greift nach mir und ich folge, erwidere den heißen Kuss, den er mir schon fast aufdrängt, und bin dann ziemlich erstaunt, als er meine Hand nimmt und zu seinem Hintern -

»Nicht hier«, brumme ich leise an seinen Lippen, knabbere sanft an der weichen, ein bisschen geschwollenen Haut. Immer wieder muss er den Kuss unterbrechen, weil er zu wenig Luft bekommt, aber jetzt schiebt er mich weg.

»Warum?«, will er wissen, der Blick total verklärt, aber trotzdem irgendwie lauernd. Als wollte er mich warnen, jetzt ja nichts Falsches zu sagen.

»Weil ich deinen Arsch sicher nicht in einer Abstellkammer ohne Gleitgel und ohne Gummi entjungfere. Du sollst auch was davon haben«, brumme ich, dränge mich wieder näher und drücke meine Nase gegen seinen Hals, genieße den Geruch nach Schweiß und Sex, den wir hier leider nicht haben werden.

»Aber -« Brummt er und ich unterbreche ihn direkt.

»Nope, kein Aber. Du willst das nicht, ehrlich nicht. Und ich auch nicht.« Sofort verspannt er sich wieder und ich merke, dass man das jetzt ziemlich missverstehen kann. »Also warte! Ich will dich! Will ich wirklich!« Zum Beweis fasse ich nach seiner Hand und lege sie über meine Mitte. Ich bin immer noch hart. Mein Penis ist definitiv der Meinung, dass es vollkommen egal ist, wo wir Sex haben. Er will nur einfach endlich an Leons Arsch, aber nein, das geht wirklich nicht. »Ich will dich«, sage ich nochmal klar und bestimmt, spüre, wie es in meiner Mitte kribbelt, als er zitternd ausatmet. Ich würde ihn gerne ansehen, aber ich fürchte, wenn er mich so ansieht, wie ich es mir gerade vorstelle, schieße ich alle guten Vorsätze in den Wind und vögle ihn doch noch, weil er so unmenschlich geil ist und mich mit allem was er tut einfach nur wahnsinnig macht! »Gerade ... will ich wirklich sehr, sehr gerne Sex mit dir, aber ich will, dass es gut wird. Richtig gut, und das geht so nicht.«

Angespannt lausche ich auf seinen Atem, der sich jetzt ganz langsam wieder beruhigt. Stumm steht er da und überlegt, dann schluckt er und ich spüre, wie er nickt.

»Okay ...«, haucht er leise und jetzt traue ich mich auch wieder ihn anzusehen.

»Gut! Ich würde nämlich nicht -«

»Halt den Mund.« Schon küsst er mich wieder und bevor mir klar wird, was er vorhat, höre ich meinen Gürtel klappern und dann habe ich auch schon seine Hand in meiner Hose, die sich fest und sicher um meinen nach wie vor harten Schwanz legt.

»Fuck, Leon, du -«

»Du sollst still sein!«, zischt er, während er mich mit harten, verdammt sicheren und vor allem absolut zielführenden Bewegungen wichst. Wenn er so weiter macht -

»Shit!«, keuche ich, mein Kopf kippt in den Nacken, meine Augen fallen zu, dann habe ich plötzlich seine Hand in meinen Haaren, die meinen Kopf wieder nach oben zwingt.

»Was ...« Mehr kriege ich nicht raus, mein Kopf ist gefüllt mit Watte und seine Finger ... Seine verdammten Finger ...

»Schau mich an!«, fordert er bestimmt und mein Schwanz zuckt gierig bei dem rauen Ton, den er anschlägt. Das ist ja wirklich fast so sexy wie das hingebungsvolle Stöhnen eben, fuck, der Kerl macht mich fertig! Gehorsam sehe ich ihn an, auch wenn mein Blick immer wieder abdriftet, durch ihn hindurch gleitet und wenige Sekunden später ist es dann auch schon soweit und ich komme, stoße zitternd in seine Hand, bohre meine Finger in sein Oberteil und spritze auf seinen nackten Bauch.

Keuchend stehe ich da und lasse mich von ihm halten, während ich ihn immer noch ansehe. Sein Blick ... Er sieht gerade sehr zufrieden aus und ich kann nicht anders, als zu lächeln.

»Du bist echt der Wahnsinn«, erkläre ich, lehne mich zu ihm und küsse ihn nochmal. Das grade war der Hammer. Also, vor allem dafür, dass wir´s nicht mal richtig getan haben.

»Danke.« Natürlich warte ich vergebens darauf, dass er das Kompliment zurückgibt.

»Willst du mal lachen?«, frage ich, immer noch ein bisschen kurzatmig.

»Hm?«

»Das hier hab ich vor kurzem mit Chain geschrieben. Also, Sex in der Abstellkammer. Nur, dass wir wirklich welchen hatten.«

»Ach wirklich.« Warum verspannt er sich jetzt direkt wieder?

»Jap. War gut! Witziger Zufall, oder?«

»Hmhm.« Ein tiefes Seufzen folgt, dann lehnt er sich gegen mich. Jetzt bin ich es, der sich ein bisschen verspannt, denn damit, dass er jetzt seine Arme um mich legt, hätte ich nicht gerechnet.

»Geht´s dir gut?«, frage ich vorsichtig, nehme ihn in den Arm und bin erstaunt, wie gut sich das grade anfühlt. Auch wenn sich das Sperma auf seinem Bauch jetzt auch auf mir verteilt.

»Ja. Warum?«

»Du bist so ... kuschelig? Hey, nein! Das war nicht negativ gemeint! Du musst nicht -« Schon hat er sich von mir gelöst und ich gebe kopfschüttelnd auf, als er sich furchtbar beschäftigt nach etwas zum Saubermachen umsieht. »Ich fand das übrigens ziemlich überraschend«, füge ich lächelnd an.

»Was genau?« Jetzt hat er einen alten Lappen gefunden, den er erst angewidert mustert, aber dann wischt er sich doch über den Bauch und hält mir das Ding anschließend hin.

»Deine dominante Seite. Fand ich gut.« Er stockt, dann dreht er sich komplett weg, um seine Hose hochzuziehen. Ich wette, er ist gerade rot geworden.

»Ahm ... danke«, brummt er heiser und ich lache leise, als er sich räuspert.

»Bitte. Ich bin übrigens jederzeit offen für Komplimente zu meinen Blowjob-Künsten«, sage ich, während ich mir den Bauch sauber wische und anschließend ebenfalls meine Hose wieder anziehe.

»Daran habe ich keinen Zweifel.« In der nächsten

Sekunde öffnet er die Tür und dann ist er auch schon weg.

»Ey!« Grinsend schnappe ich mir mein Shirt und folge ihm. Kurz sehe ich mich im Flur um, aber glücklicherweise ist niemand mehr hier. »Warte auf mich! Du bist so ein Arsch!«

Natürlich wartet er nicht, sondern geht einfach weiter. Im Vorbeigehen hebt er seine Tasche wieder auf und ich sammle meine neben der Tür ein. Ich kann mich nicht mal dran erinnern, wann ich die abgestellt habe. Leon weiß wirklich, wie er meinen Kopf ausschaltet. Einfach so, ohne große Anstrengung. Keine Ahnung, wie ich es geschafft habe noch so klar zu bleiben, ihn nicht einfach zu überfallen denn ich wollte nichts lieber, als ihn da drin gegen eines der Regale zu drücken, genau so, wie ich es mir im RPG vorgestellt hatte, und ihn zu vögeln.

Dennoch bin ich froh, dass ich es nicht getan habe. Das wäre ... Ich meine, es spricht nichts dagegen, wenn ich ganz ehrlich bin. Hannah ... Also ich würde es ihr nicht gerade auf die Nase binden, aber grundsätzlich sollte sie damit klarkommen. Chain ... Ich bin ihm eigentlich nach wie vor zu nichts verpflichtet, aber irgendwie kommt es mir dennoch falsch vor. Aber das ändert alles nichts daran, dass es Leon gegenüber scheiße gewesen wäre da drin mit ihm zu schlafen. Nein, das passt schon so.

»Dein Kopf platzt gleich«, reißt er mich plötzlich aus meinen Gedanken und mein Gesicht wird nur noch heißer, als es ohnehin schon ist. Kurz sehe ich zu ihm, gucke dann aber direkt wieder weg, weil ich mich unwohl fühle, wenn er mich so forschend mustert, während er dabei schon wieder so cool und unnahbar aussieht. Wie macht er das? »Bereust du´s?«, fragt er dann offen und ich fange sofort an den Kopf zu schütteln, lächle, als er erleichtert ausatmet.

»Nein, Quatsch! Warum sollte ich?«

»Keine Ahnung. Dein Kopf ist manchmal sehr kreativ, was sowas angeht.«

»Was soll das denn jetzt heißen?«, lache ich unsicher.

»Nichts. Passt schon. Ich bin jetzt weg, wir sehen uns.« Und gerade, als er sich abwenden und nach links die Treppe runtergehen will, während ich weiter geradeaus zum Haupteingang muss, macht meine Hand sich selbstständig, greift nach ihm und ich erwische ihn am Ellenbogen. Verwirrt sieht er mich an, wehrt sich aber nicht, als ich ihn wieder zu mir ziehe, eine Hand in seinen Nacken lege und ... Shit, mein Herz! Was tue ich da?

Trotzdem komme ich ihm einen halben Schritt entgegen, beuge mich zu ihm und dann ist es eh zu spät, als meine Lippen sich sanft auf seine legen. Fuck, das kribbelt. Überall. Das ist echt nicht mehr normal.

Und dennoch kann ich nicht anders als es zu genießen, vor allem als er nach einem Moment der Überraschung den Kuss erwidert. Seine Lippen fühlen sich so angenehm warm und weich an. Ich mag es, wie er küsst. Er kann so sanft sein, und dann wieder so fordernd und gierig, aber gerade fühlt es sich einfach nur schön an, zu spüren, wie sein Atem über meine Haut gleitet, und dieses ganz leise Seufzen macht es nochmal besser. Meine Finger zucken, als er seine langsam zwischen meine schiebt, sie vorsichtig drückt, bevor er sich dann von mir löst und mich ansieht.

Ich habe keine Ahnung, was mir sein Blick gerade

sagen soll. War das jetzt falsch? Hätte ich das nicht tun dürfen? Ich meine, wir haben uns gerade gegenseitig befriedigt. Da ist ein Abschiedskuss doch nichts Besonderes. War es bei Nick und mir auch nie.

Nur bin ich mir nicht sicher, ob mein Herz das auch so sieht. Oder der Rest meines Körpers, in dem es gerade kribbelt wie verrückt und am schlimmsten ist es dort, wo seine warme Haut mich berührt.

»Bis morgen«, schaffe ich endlich, ein paar Wörter aus meinem Mund zu werfen. Ich dachte schon, ich ersticke daran. Leon nickt.

»Bis morgen.«

Dann ist er endgültig weg und seine Finger fehlen in meiner Hand. Oh Mann ... Ich frage mich, ob es ihm auch so geht wie mir. Wenigstens ein kleines bisschen.

Zum Schluss ein bisschen Wahrheit xD

Jaaa, heute habe ich mal ein bisschen ‚Aufklärungsarbeit' für euch, nachdem ich in den letzten Bänden mööööglicherweise ein etwas verzerrtes – oder eher völlig falsches – Bild davon vermittelt habe, wie Cosplay-Porn-Shootings ablaufen. Nicht, dass es mir sonderlich leid tut. Das auf keinen Fall, denn ich hatte, gerade hier in Band 7, echt meinen Spaß daran, den Jungs ordentlich einzuheizen. Aber die Realität sieht leider etwas anders aus. Sehr, sehr anders.

Wie oft habe ich auf Bilder zu solchen Shootings schon Kommentare bekommen wie: ‚Ich wäre da so gerne mal dabei, da knistert es bestimmt!' Oder etwas in der Richtung.

Glaubt mir, das, was ihr auf den Bildern seht, hat nichts, aber auch absolut gar nichts mit dem zu tun, was da beim Shooting passiert ist. Da wird in einer Tour gegackert, unerwünschte Brüste (Haben Männer ja eher selten) werden in fremde Körperöffnungen geschoben, in denen sie definitiv NICHTS verloren haben (Kopfkino? Bitteschön, habe ich gern gemacht und ich behaupte, alles was euch dazu jetzt einfällt, wurde mindestens einmal bereits umgesetzt xD), Körper werden verrenkt, in die unmöglichsten Positionen, die sich zwar schrecklich anfühlen, aber auf dem Foto dafür echt episch aussehen.

Dazu kommen dann die verschiedenen Stadien von Scham, je nachdem, wie blank man denn ziehen möchte, und wer gerade mit dabei ist. Hach Leute, ich kann euch sagen … Pornshootings sind definitiv die lustigsten und vor allem die, mit den bescheuertsten Outtakes, die man aber selten herzeigen kann, weil … Na ja, ich glaube, das könnt ihr euch auch so denken.

Nichtsdestotrotz macht es jedes Mal wieder wahnsinnigen Spaß seinen Lieblingen nicht nur in aufwändigen Cosplays, sondern auch als Shipping zwischen den Laken Leben einzuhauchen.

Mag sein, dass beim Entstehen der Bilder nichts von Romantik oder Erotik zu spüren ist, aber alles was zählt, ist schließlich das Ergebnis, nicht wahr? Oder nein, das ist so nicht richtig! Das aller, aller, aller wichtigste ist: Dass ihr Spaß habt, bei dem was ihr tut! <3

Und jetzt hoffe ich, dass ihr genau den auch beim Lesen dieses Bandes hattet. Die Jungs geben jetzt so langsam ja richtig Gas und ich zähle drauf, dass ihr sie auch weiterhin begleitet, mit ihnen lacht, ein bisschen leidet und ja, manchmal will man sie beide schütteln, aber das ist denke ich okay. Also, bis ganz bald!

Fühlt euch gedrückt! <3
Eure Julia

FROST-CHRONIKEN 1: KRIEG UND KRÖTEN
SUSANNE PAVLOVIC

Yuriko Mandorak Doragon Frost, Siegelmeister, Feuerbeschwörer, Freund der Kröten und Bezwinger der Schicksalsschlange, war nur mal kurz Tabak holen. Als er nach fünf Jahren in seine Heimatstadt zurückkommt, hat man ihn vergessen.

Dann taucht Arkadis auf und trägt ein Zaubersiegel auf der Zunge, dessen Rätsel Yuriko nicht ergründen kann. Yuriko wird von seiner Schülerin Galina entführt – gleich mehrfach. Die neuerliche Reise soll die Lösung des Siegelrätsels erbringen und Yuriko möglichst nicht das Leben kosten. Kein einfaches Unterfangen angesichts von feindlichen Zauberinnen, wüster Wildnis und seiner wütenden zukünftigen Exfrau.

Die Welt braucht einen Helden. Doch Yuriko will einfach nur zurück nach Hause.

Der neue Roman von Phantastik-Preisträgerin Susanne Pavlovic trifft mit Wucht ins Herz.